Три сестры

Антон Чехов

나오는 사람들

Прозоров Андрей Сергеевич
안드레이 쁘로조로프 장군의 아들

Наталья Ивановна, его невеста, потом жена
나따샤 안드레이의 약혼녀, 2막부터 그의 아내.

Его сестры: Ольга, Маша, Ирина
올가, 마샤, 이리나 안드레이의 세자매

Кулыгин Федор Ильич, учитель гимназии, муж Маши
꿀르이긴_중학교 교사. 마샤의 남편

Вершинин Александр Игнатьевич, подполковник, батарейный командир
베르쉬닌 육군 중령. 포병 대대장

Тузенбах Николай Львович, барон, поручик
뚜젠바흐 남작. 육군 중위

Соленый Василий Васильевич, штабс-капитан
살료느이 육군 이등 대위

Чебутыкин Иван Романович, военный доктор
체부뜨긴 군의관

Федотик Алексей Петрович, подпоручик
훼도띠끄 육군 소위

Родэ Владимир Карпович, подпоручик
로오제 육군 소위

Ферапонт, сторож из земской управы, старик
훼라쁜뜨 시의회 수위, 노인

Анфиса, нянька, старуха 80 лет
안피사 유모, 80세 노파

막내 이리나의 명명일(命名日)이자 아버지 기일(忌日)
응접실. 정오. 5월이나 이 지방은 아직 춥다.

역주) 명명일 - 러시아 정교회로부터 이름을 받은 날을 의미한다. 생일보다 중요하게 여겨진다.

장성 쁘로조로프 가문의 집.
큰 원기둥이 늘어서 있는 응접실.
기둥 뒤편에 넓은 홀이 보인다.
대낮이다.
집 밖은 햇살이 가득이고 밝다.
홀에서는 식사준비를 하고 있다.
올가가 푸른색 교사제복을 입고 걷다가다 하면서 학생들의 숙제를 점검하고 있다.
검은 옷을 입은 마샤는 모자를 무릎 위에 놓고 앉아서 작은 책을 읽고 있다.
이리나는 흰옷을 입고 생각에 잠겨 서있다.

올가
이리나, 우리 아버진 꼭 1년 전 오늘!
5월 5일!
바로 네 생일(역주:공연에서는 생일로 바꿈)에 돌아가셨지.
그날은 지독하게 추웠고 눈이 내리고 있었어.
그때 난 도저히 살 수가 없을 것 같았고 넌 멍청히 죽은 사람처럼 누워 있었지.
하지만 이렇게 1년이 지나고 보니 우리는 태연히 그때 일을 회상할 수 있게 되고 너도 이젠 흰 옷을 입고 밝은 표정을 짓고 있구나.

(시계가 12시를 친다)
그래, 그때도 딱 이렇게 시계가 쳤어.
(사이)
아직도 기억에 생생해.
아버지 운구가 나갈 때 군악대가 음악을 연주하고 묘지에서 총을 쏘았지.
아버진 장군이고 여단장이셨지만 그런 셈 치고는 조객이 적었어.
하긴 그 날 날씨가 너무 안좋았지.
지독한 진눈깨비였으니까.

이리나
언니, 지나간 일이야!

원주 뒤쪽 홀의 테이블에 뚜젠바흐 남작, 체부뜨긴, 살료느이가 나타난다.

올가
오늘 날씨는 따뜻해서 창문을 열어 놓아도 좋을 정돈데 자작나무는 아직 움트지 않네.
아버지가 이곳 여단을 지휘하기 위해 우리를 데리고 모스끄바를 떠나온 지 벌써 11년 전의 일이지만 난 아직도 생생하게 기억하고 있어.

5월 초순인 이맘 때의 모스끄바는 벌써 꽃이 만발하고 쨍쨍한 햇볕이 넘치고 있지않니?
11년이 지났지만 마치 어제 떠나온 것처럼 생생하게 기억하고 있어.
세상에 어쩜 좋니!
이렇게 봄이 온 걸 보니 모스크바에 가고 싶다!

체부뜨긴
무슨 바보같은 소리야!

뚜젠바흐
맞습니다, 말도 안되죠.

마샤
(책을 들여다보면서 조용히 휘파람을 분다)

올가
마샤, 휘파람 불지마.
(선생님 투로) 정말 나쁜 버릇이에요. (웃음)
(사이)
에휴~ 난 매일매일 학교에서 하루종일 수업을 하기때문인지 늘 두통이 나고 이 사고방식까지 할머니처럼 되어버린 것 같아.
그래, 사실 학교에 나간 4년 동안은 날마다 한방울, 한방울씩 내 청춘과 기가 빠져나가는 듯한 기분이 들었어.
쓸데없는 공상이나 하고…

이리나
모스끄바로 가면 좋겠어.
이 집을 팔고 여기하고 깨끗이 인연을 끊고 모스끄바로 말야!

올가
그래! 빨리 모스끄바로 갔으면.

체부뜨긴과 뚜젠바흐 웃는다.

이리나
오빠도 뭐 어차피 대학교수가 될 거니까 여기 있을 생각은 없을 거야.
문제는 마샤 언니네?

올가
마샤는 매년 여름 휴가 동안 모스끄바에 와있으면 되지 뭐.

마샤, 나직이 휘파람을 분다.

이리나
걱정 마, 잘 될 거야. (창 밖을 보면서)
아~ 날씨 좋다! 오늘 왜 이렇게 기분이 좋지?
스무살 생일이라 그런가?
아침에 일어났을 때 엄마가 살아계셨던 어린시절이 막 떠오르면서 그때의 두근거림이 느껴졌어.

올가
하하하, 그래 오늘 더 예쁘다. 빛난다, 이리나!
우리 마샤도 예쁘고, 안드레이도 다 좋고,
좀 살이 쪄서 그렇지....
그런데 난 이렇게 늙고 비쩍 말라 버렸으니.
아마 이것도 학교에서 학생들한테 화만 내기 때문일거야.
그래도 오늘은 쉬는 날이라 그런지 두통도 없고 어제보다 한층 젊어진 듯한 기분이야.
하하하, 벌써 노처녀가 되어간다…
아냐, 나이가 뭐 중요해?
모든 게 하느님의 뜻이니까.
하지만 결혼을 해서 하루종일 집에 있는 게 더 좋을 것 같아. (사이)
나는 남편을 정말 사랑했을텐데.

뚜젠바흐
(살료느이에게) 정말 말도 안되는 소리를 자꾸 할 겁니까?
(들어오면서) 아, 깜빡 잊고 있었군.
오늘 이곳에 우리 부대의 새 지휘관인 베르쉬닌 중령이 인사하러 올 겁니다. (피아노 곁에 앉는다)

올가
아, 그래요! 기쁜 일이네요!

이리나
나이는요? 많은가요?

뚜젠바흐
그렇게 많진 않아, 사십대 초반? (조용히 피아노를 친다)
성격도 좋아, 적어도 바보같은 장교는 아니에요.
다만 약간 말이 좀 많아서 그렇지, 하하하.

이리나
재밌는 사람일까?

뚜젠바흐
아주!
재혼한 부인과 두 딸 그리고 장모와 같이 사는데, 사람들하고 인사할 때 마다 꼭 '나는 아내가 있고 두 딸이 있어요' 라고 말을 해요.
(올가에게)
아마 여기서도 말할 겁니다.
그런데 부인이라는 사람은 어쩐지 좀…
미친 것 같기도 하고…
아직도 처녀처럼 머리를 땋아내리고 철학적인 말을 하는데 약간 허언증 같은?
게다가 남편을 괴롭힌다고 가끔 자살 소동까지 벌인다고 합니다.
나 같으면 벌써 헤어졌을텐데, 베르쉬닌 중령은 꾹 참고 여기저기 푸념만 하고 다닌다네요.

살료느이
(체부뜨긴과 함께 홀에서 객실로 들어오면서) 나는 한 손으로는 25킬로 정도밖에 들어 올리지 못하지만 양손으로라면 80 아니 90킬로도 들어 올릴 수가 있습니다.
그래서 나는 이렇게 결론짓는 겁니다.

두 사람의 힘을 합한 것은 한 사람의 두 배가 아니라 세 배, 아니 훨씬 더 크다고요.

체부뜨긴
(걸으면서 신문을 읽는다)
탈모에는… 그러니까 나프탈렌 8그램을 알코올 반 병에 넣어 녹여서 그걸 매일 바른다…
(수첩에다 써넣는다) 적어 놓아야지!
(살료느이에게) 그리고는, 알겠나, 자네.
병 주둥이에다 코르크 마개를 끼우고 거기다가 유리관을 통한다…
그리고 황산 알루미늄을 한 움큼 집어서…

이리나
군의관 할아버지!
군의관 할아버지!!

체부뜨긴
뭡니까, 내 공주님.

이리나
오늘 왜 이렇게 행복하죠?

마치 팽팽하게 돛을 달고 바다를 달리고 있는 기분이에요.
머리 위에는 넓은 하늘, 새하얀 큰 새가 날고 있고요.
무엇 때문일까요? 네?
왜 그럴까요?

체부뜨긴
(손에 입 맞추며) 아이고, 예뻐라~

이리나
난 오늘 눈을 뜨고 일어나 세수를 하고 나자 갑자기 이 세상의 모든 일이 명백해져서 앞으로 어떻게 살아 갈 것 인가를 알게 됐어요.
군의관 할아버지!
사람은 노력해야 하는 거예요.
누구나 이마에 땀을 흘리면서 일해야 해요.
날이 새기도 전에 일어나 거리에서 돌을 깨는 노동자나, 양치기나, 철도기관사나, 언니처럼 교사가 되면 정말 좋을 거예요.

낮 열두 시가 되어서야 겨우 일어나 침대 속에서 커피를 마시고, 그리고는 옷 입는데 두 시간이나 걸리는 그런 할 일 없는 여자가 되느니 일을 하기 위해서라면 차라리 소나 말이 되겠어요.
할아버지, 앞으로 제가 아침 일찍 일어나서 일하지 않거든 저와 절교해 주세요, 네?
군의관 할아버지~!

체부뜨긴
(다정하게) 하죠, 절교 할테니 염려 말아요~

올가
아버지는 우리를 일곱 시에 일어나도록 가르치셨어요. 지금도 이리나는 일곱 시에 눈을 뜨기는 하지만 그러고 아홉 시까지 눈을 감고 깊은 생각에 잠겨있지. 그 상념에 잠긴 얼굴이라니. (웃는다)

이리나
언니!
언니는 아직까지 나를 어린애라고 생각하니까 내가 이런 얘기를 하면 웃긴 모양인데, 오늘부터 나도 스물이란 말이야!

뚜젠바흐
일을 하고자 하는 마음!
진실로 나도 알 수 있어요!
나도 저 춥고 게으른 도시 뻬쩨르부르그에서 노동이니 하는 것은 도무지 모르는 집에서 태어났으니까요. 지금도 기억나는게 소년군사학교에서 집에 돌아오면 하인이 군화를 벗겨 주고 나는 온갖 투정을 다 부리고, 어머니는 날 그저 떠받들고… 내가 아무 것도 안해도 되게끔 다 보살펴 준 거지요.
하지만 사회가 바뀌고 있습니다.
난 이런 귀족 신분을 떠나 일을 하겠습니다!
앞으로 이십오 년 후면 모두 다 일을 할 겁니다.

체부뜨긴
난 안해.

뚜젠바흐
군의관님은 안하셔도 되요.

살료느이
하래도 못하지, 그때까지 살아있겠어? 이삼 년 후에 알콜중독으로 죽지않으면 다행이지. 아님 내가 저 꼴 보기 싫어서 총으로 쏴 버릴거야.
(포켓에서 향수병을 꺼내어 가슴과 손에 뿌린다)

체부뜨긴
(웃는다)
근데, 정말이지 난 여태까지 아무것도 한 게 없어. 대학만 나왔을 뿐이지 손가락 하나 까딱 한 것이 없어.
책 한 권 끝까지 읽은 적도 없어,
읽어야 고작 신문 뿐이지.
(포켓에서 다른 신문을 꺼낸다)
이 신문이 내 얕은 지식일 뿐이야.
모파상을 아는 척하지만 그의 작품을 읽어 본 적도 없어.
(아래층에서 바닥을 두드리는 소리가 들린다)
잠깐, 아래서 나를 부르는군.
(수염을 쓰다듬으면서 황급히 나간다)

마샤
외딴 바닷가에 푸르른 떡갈나무…
한 그루 서있네…
황금빛 사슬 그 둥치에 매어져…

황금빛 사슬 그 둥치에 매어져…
(역주: 뿌쉬낀의 서사시 ≪루슬란과 류드밀라≫에서)
(일어나서 나직한 목소리로 노래한다)

올가
마샤…

마샤
(노래하면서 모자를 쓴다)

올가
어디 가?

마샤
집에.

이리나
언니 정말 왜 이래.

뚜젠바흐
생일파티를 피하시겠다…

마샤

마찬가진걸, 저녁에 올게.
이리나 (이리나에게 입맞춤한다)
건강하고, 행복하길.
생일축하하고.
아빠가 살아 계셨을 땐 우리 생일이라면
장교들이 삼사십 명씩 와서 떠들썩했는데…
오늘 딱 두 명이야, 하하하!
사막처럼 삭막하고, 내 마음은 멜랑꼬리하네.
난 갈래, 더 울적해져.
너무 내 말에 신경 쓰지 말구.
(눈물이 그렁그렁하며 웃음)
나중에 얘기해.
하지만 지금은 이만.
어디론가 떠나버리고 싶어.

이리나
(불만스러운 듯)
언니란 사람은 참…

올가
(눈물을 글썽이며)
네 마음 알겠어, 마샤.

솔료느이
남자가 철학을 늘어놓으면 그건 진짜 철학, 혹은 엄청난 궤변이지만 여자 혹은 두 여자가 철학을 늘어놓기 시작하면 그건 나를 어떻게 좀 해주세요, 하는 거지.

마샤
지금 무슨 말을 하는 거예요, 대위님.
말이 너무 심하시네.

솔료느이
농담이니 신경 쓰지 마세요.
'비명을 지를 사이도 없이 곰은 덮쳤도다.'
(역주; 시인 이반 크릴로프의 우화시 '농민과 노동자' 에서 인용)

(사이)

마샤
(올가에게 화를 내며) 울지마!

안피사와 파이를 든 훼라뽄뜨가 등장

안피사
이쪽으로 들어와요.
쑥 들어와요.
발이 깨끗하니 괜찮아요.
(이리나에게)시의회의 쁘로뜨뽀뽀프 의장님께서 생일축하파이를 보내오셨습니다.

이리나
어머나, 어떻게 알았지?
암튼 감사하다고 전해 주세요. (파이를 받는다)

훼라뽄뜨
네, 뭐라구요?

이리나
(크게)
감사하다고 전해 주세요.

올가
유모, 할아버지에게 먹을 것 좀 챙겨 드리세요.

안피사
자, 부엌으로 가십시다.
영감, 갑시다.

마샤
쁘로뜨뽀뽀프…
난 맘에 안들어.

이리나
어차피 초대도 안했는 걸.

체부뜨긴, 그리고 그 뒤에 은(silver) 사모바르를 받쳐 든 병사가 따라 들어온다.

올가
(두 손으로 얼굴을 가린다)
어머나, 사모바르를!
어쩜 좋아! (자리를 피한다)

이리나
군의관 할아버지, 정말 이게 뭐예요.

뚜젠바흐
(웃는다) 내가 이럴 줄 알았다니까요.

마샤
군의관 할아버지…

체부뜨긴
우리 이쁜 세자매 아가씨들,
나의 유일한 낙이에요.
이 세상에서 제일 소중한 사람들이지요.
이제 나는 늙고 쓸모없는 노인이지요.
우리 세자매들이 없었다면 나는 이미 오래 전에
이 세상을 떠났을 거예요…
(이리나에게) 내 귀여운 강아지!!
우리 이리나가 응아, 하고 태어난 날,
내가 안아 주기도 했지요.
난 돌아가신 자기 어머니를 참 좋아했어요…

이리나
하지만 어째서 이렇게 비싼 선물을!

체부뜨긴
(울먹이는 목소리로 화난다는 듯이)
비싼 선물이라구요!
그게 뭐가 어때서!
(병사에게) 사모바르를 저리 가져가.
(말투를 흉내내며) 비싼 선물…

병사가 사모바르를 홀 쪽으로 나른다.

안피사
(나오며) 아가씨, 처음 뵙는 장교님이 오셨습니다. 벌써 외투를 벗고 이리로 오시고 있어요. 이리나 아가씨, 상냥하고 친절하게 대하셔야 해요....
(나가면서) 이런 식사시간이 다 되었네… 원 세상에…

뚜젠바흐
베르쉬닌 중령일거야, 아마.

베르쉬닌 들어온다.

뚜젠바흐
베르쉬닌 중령입니다.

베르쉬닌
(마샤와 이리나에게)
만나게 되어 반갑습니다, 베르쉬닌입니다. 드디어 댁을 방문할 수 있어 매우 기쁘게 생각합니다.

이리나
앉으세요. 우리도 기쁘게 생각합니다.

베르쉬닌
(유쾌하게) 이거 정말 기쁩니다.
정말 기쁩니다!
그런데 당신들…
세자매였죠.
아버님이신 쁘로조로프 장군님에게는 작은 따님이 세 분 있었다는 걸 분명히 기억하고 있는데!!
세월은 빠르군요!
아니 정말 빠른 거로군요!
오 시간이여!

뚜젠바흐
베르쉬닌 중령님은 모스끄바에서 부임해 오셨습니다.

이리나
모스끄바요?
모스끄바에서 오셨나요?

베르쉬닌
네, 모스끄바에서 왔습니다.
돌아가신 아버님이 그곳에서 포병 대대장을 하고
계셨을 때 전 같은 여단의 장교였습니다.
(마샤에게) 그러고 보니 얼굴이 약간 기억에 남는
것 같습니다.

마샤
글쎄요… 전…

이리나
언니! 올가언니!
(홀을 향해서 외친다) 언니 이리와 봐!

올가가 홀에서 응접실로 온다.

이리나
베르쉬닌 중령님이에요.
모스끄바에서 오셨대요.

베르쉬닌
그러니까 당신이 큰 딸이신 올가,
그러면 당신이 마샤!

이쪽이 이리나!!!!

올가
모스끄바에서 오셨어요?

베르쉬닌
그렇습니다.
모스끄바에서 학교를 나오고 모스끄바에서 임관
하여 오랫동안 그곳에서 근무하고 있었습니다만
보시는 바와 같이 마침내 이곳 여단의 포병중대
로 발령 받았습니다.
저는 아가씨들을 정말로 기억하고 있는 것은 아니
고 단지 세 자매라는 것만 기억하고 있습니다.
아버님에 대해서는 기억이 생생하죠.
모스끄바 댁에도 가끔 놀러 갔었는데!!!
기억 안나세요?

올가
모스끄바의 기억은 다 하고 있다고 생각했는데…

베르쉬닌
알렉산드르 이그나예비치 베르쉬닌입니다.

이리나
네, 알렉산드르 이그나예비치 베르쉬닌 중령님!
모스끄바에서 오시다니…
이런 인연이!

올가
저희는 모스끄바로 이사하려던 참이에요.

이리나
이번 가을까지는 꼭 갈 생각이에요.
아 우리의 고향!
우린 거기서 태어났어요.
구 바스만나야 거리.
(올가와 소리를 맞추어 즐거운 듯 웃는다)

마샤
뜻밖에 고향 사람을 만났네요.
(갑자기 생기있게) 아아, 이제야 생각나네요.
생각 안나, 언니?
우리 식구 모두 '사랑의 소령' 이라고 했잖아?
중령님은 그때 아마 중위였는데 누군가를 사랑하고 계셨죠.
어째서인지 모두 소령, 소령 하고 놀리고 있었어요….

베르쉬닌
(웃는다) 맞았어요, 맞았어.
사랑의 소령, 바로 그 사람입니다.

마샤
그땐 정말 젊고 활기찬 분이셨는데 이젠 중년의 나이가 되셨네요.

베르쉬닌
그렇죠, 사랑의 소령이라고 불리고 있던 시절에는 나도 아직 젊고 사랑을 하고 있었죠.
이제 와선 뭐….

올가
아직 젊으신데요, 뭐.

베르쉬닌
마흔 셋입니다.
그런데 우리 세 자매들은 모스끄바를 떠난 지 오래 되었나요?

이리나
11년이 되었어요.
(마샤를 보고) 어머, 왜 울어, 언니! 하하하하!
(울먹이는 목소리로) 나까지 울고 싶잖아…

마샤
이런… 눈물을…
그런데 중령님은 어느 동네에 살고 계셨죠?

베르쉬닌
구 바스만나야 거리.

올가
(놀라며) 우리도 거기에요!!

베르쉬닌
한때는 독일인 거리에도 있었습니다.
독일인 거리에서 걸어서 출퇴근하고 했죠.
그 도중에 음침한 다리가 있는데, 다리 아래서 물이 활활 소리를 내고 있었죠.
고독한 사람에게는 이상하게 쓸쓸해지는 경치였어요.

(사이)
거기 비하면 이곳 강은 정말 얼마나 환하게 트였는지 모르겠습니다!
정말 훌륭한 강이에요!

올가
네, 하지만 너무 추워서.
여긴 추운데, 모기까지 있는걸요.

베르쉬닌
무슨 말씀!
여긴 정말 생생하게 살아있는 슬라브적인 기후가 아닙니까.
숲이 있고, 강이 있고…
저 자작나무 좀 보세요.
제가 제일 좋아하는 나무죠.
정말 살기에 좋은 곳입니다.
단지 이상한 것은 기차역이 20킬로나 떨어져 있다는 사실입니다.
왜 그런가는 아무도 모른다는군요.

살료느이
그 이유라면 제가 알고 있습니다.

(모두 그를 바라본다)
왜냐하면 말입니다,
만약에 역이 가까우면 멀지는 않을 것이며,
역이 멀면 즉 가깝지 않다는 이치죠.

어색한 침묵

뚜젠바흐
썰렁한 농담꾼, 살료느이 대위.

베르쉬닌
어머님하고도 잘 알고 지냈었죠.

체부뜨긴
너무 좋은 사람…
부디 천국에서 편안하길…

이리나
엄마…

올가
엄마 묘소도 모스끄바에 있어요.
보고싶네…

마샤
난 벌써 엄마얼굴을 잊어버리고 있어.
우리도 곧 사람들에게 잊혀지겠지.

베르쉬닌
네 잊혀지겠죠.
그게 바로 우리 인간의 숙명이죠.
우리가 지금 심각하고 중요한 얘기를 해도 시간이 흐르면 전혀 중요하지 않은 게 되어버리죠.
(사이)
무엇이 중요한 것으로 남을지,
무엇이 하찮은 것으로 남을지,
전혀 모릅니다, 우리는.
코페르니쿠스의 지동설을 그때 모두 비웃었고,
콜럼버스의 신대륙 발견도 모두 하찮게 여겼죠.
그리고 우습게도 어떤 괴짜의 헛소리를 예전에는 진리라고 생각한 적이 있지 않았던가요.
그래서 지금 우리의 삶도 시간이 흐르면 아무런 의미없는 것이 될 지도 모르는 일입니다.

뚜젠바흐
그럼 반대로,

이런 평범한 우리의 삶을 후세대 사람들이 고상하다고 여기고 존경하는 마음으로 회자될 수도 있지 않겠어요?
지금 우리는 전쟁도, 고문도, 사형도 없는 사회라지만 그 반대로 얼마나 많은 심리적 고통을 이겨내고 있습니까?
모순아닌 모순이죠.

살료느이
(높은 목소리로) 쯥쯥쯥……
남작중위님은 먹는 것보다 철학이 더 땡기나보네.

뚜젠바흐
대위님, 제발 그 이상한 소리 좀 내지 마세요.

살료느이
(소리 높게) 쯥쯥쯥…

뚜젠바흐
(베르쉬닌에게) 심리적 고통이 많다는 것은 사회가 문명화 되어 도덕적 규제가 많다는 것입니다. 그것을 만든 고상한 인간들이죠, 우리는.

베르쉬닌
흠, 동의하네.

체부뜨긴
미래에 다들 고상하다고 불려도 난 저급하다고 할 거야.
왜냐하면 자길 위로하려고 고상한 척 하니까.
(일어선다) 나를 보라고!

무대 뒤에서 바이올린 소리.

마샤
저건 오빠 안드레이의 연주예요.

이리나
오빠는 우리 집안 학자죠.
아마 교수가 될 거예요.
아빠는 군인이었지만 아들은 학문 쪽으로 가길 바라셨죠.

마샤
아버지의 희망이었죠.

올가
우리는 오늘 안드레이를 실컷 놀려 주었어요.
아무래도 연애를 하는 것 같아서요.

이리나
여기 사는 여잔데요,
아마 오늘 우리 집에 올 거예요.

마샤
난, 정말 싫어, 그 옷 입는 꼴하며!
어쩐지 괴상하고 야단스러운 누르스름한 치마에
천박스러운 방울 장식을 달고 거기에다 빨간 자켓
을 입고 있으니 말야.
게다가 뺨을 광이 나게 닦아냈지 뭐예요!
오빠가 사랑할 리 없어, 말도 안돼.
내가 듣기로는 그 여잔 이곳 시의회 의장인 쁘로
뜨뽀뽀프에게 시집간대요.
그게 좋을 거야.
(옆쪽에 있는 문을 향해) 오빠!
이리 와요!
잠깐!

안드레이 들어온다. 한 손엔 바이얼린.

올가
우리 안드레이예요.

베르쉰
베르쉰이라고 합니다.

안드레이
안드레이입니다.
(얼굴의 땀을 닦는다)
이곳의 포병 대장으로 부임하셨습니까?

올가
모스끄바에서 오셨데!

안드레이
그래요?
반갑습니다, 앞으로 우리 누이들이 귀찮게 하더라
도 너그러이 이해해주세요.

베르쉰
제가 벌써 귀찮게 해드리고 있습니다.

이리나
어때요,
이 액자는 안드레이가 오늘 선물로 주었어요!
(액자를 보인다) 오빠가 직접 만든 거예요.

베르쉬닌
(액자를 살펴보면서 뭐라 말해야 할지 몰라)
글쎄요…흠… 이건 정말…

이리나
그리고 저 피아노 위에 있는 액자도 오빠가 만든 거예요.

안드레이 한 손을 저으며 나가려고 한다.

올가
안드레이는 학자이고, 바이올린도 켜고, 온갖 물건도 만들고, 즉 한 마디로 말해 다재다능해요.
안드레이, 가지마!
나쁜 버릇이 있다면 언제나 자리를 피하는 거예요.
이리 와!

마샤와 이리나가 그를 양쪽에 팔짱을 끼고 데려온다.

마샤
오빠, 이리와!

안드레이
제발 좀 내버려 둬.

마샤
이상한 사람이야!
베르쉬닌 중령님도 '사랑에 빠진 소령'이라고 놀렸을 때도 화를 내지 않았는데!

베르쉬닌
물론이죠!

마샤
그래서 난 오빠를 사랑에 빠진 연주자라고 부를래.

이리나
아니면 사랑에 빠진 교수님…..

올가
사랑에 빠졌어!
우리 안드레이가 사랑에 빠졌어!

이리나
(박수를 치면서) 브라보! 브라보! 앙코올!
안드레이는 사랑을 하고 있대요!

체부뜨긴
(안드레이의 뒤로 다가가서 그의 허리를 껴안고)
오직 사랑을 위하여 자연은 우리를 만들었노라!
(웃는다. 그는 늘 신문을 들고 있다)

안드레이
이젠, 됐어. 이제 그만!!
(얼굴을 닦는다) 에, 뭐랄까… 제가 어제 잠을 설쳐서 약간 상태가 안좋습니다.
4시까지 책을 읽다가 누웠지만 도무지 잠이 와야죠.
이런저런 생각들을 하고 있는 사이에, 요즘은 날이 빨리 새기 때문에, 해가 사정없이 침실로 비쳐들더군요.
올 여름, 여기 있는 동안에 영어책을 한 권 번역해 볼까해서 말이죠.

베르쉬닌
네에, 영어를 하시나요?

안드레이
아버님의 엄격한 교육방침 덕분에 나도, 여동생들도 프랑스어, 독일어, 영어를 할 수 있고, 이리나는 이탈리아어까지 알고 있습니다.
이 때문에 많은 고생을 했지만 지금은 뭐 아무 소용없는거죠! 사실 전 아버님이 돌아가시고 해방감에 급격히 살이 찌기 시작했어요, 하하.

마샤
이런 시골에서 3개국어를 알고 있다는 건 쓸데없는 사치에요.
사치라기보다 사족이죠.
우린 필요 없는 것들을 잔뜩 알고 있어요.

베르쉬닌
저런 저런!
(웃는다)
필요 없는 걸 잔뜩이라구요!

제가 보기엔, 현명하고 교양있는 사람이 필요없다는, 침체되어있고 활기없는 지역은 아무데도 없을 뿐더러, 또한 있을 리도 없다고 생각합니다.
예를 들어, 거칠고 낙후한 지금 이 도시의 10만의 인구가 대부분 시대에 뒤떨어진 생각인데, 그 중에 진보적인 사람은 단지 여기 세 자매 밖에 없다고 칩시다. 가만히 있다면 그냥 묻혀지겠죠.
하지만 이 세 사람이 열심히 노력하여 진보적인 사람들을 한 사람이 두 명 씩 만든다면 여섯 명, 또 그 여섯 명이 열두 명을 만들고 하다보면 몇 백 년 후면 마침내 여러분들과 같은 사람이 대다수를 차지하게 될 거예요.
이백 년이나 삼백 년 뒤의 사회는 상상도 할 수 없을 만큼 멋지고 놀라운 것이 될 겁니다.
그 준비를 위해 인간은 할아버지나 아버지가 보고 알고 있던 것 보다도 더욱 많은 것을 보고 알아야 합니다. (웃는다)
그런데도 당신은 필요 없는 것을 잔뜩 알고 있다고 불평을 하시는군요.

이리나
(호흡을 내쉰다) 이런 건 적어놔야 해…

마샤
(모자를 벗는다) 나, 밥 먹고 갈게.

안드레이가 없다. 어느새 살짝 사라진 것이다.

뚜젠바흐
몇 백 년 뒤 인간의 생활은 멋지고 놀라운 것이 된다고 말씀하시는군요.
그럴 수 있죠.
하지만 지금부터 그런 생활로 가기 위해서는, 거기에 대한 준비를 해야 해요, 일을 해야 합니다.

베르쉬닌
(일어선다) 그렇습니다.
그런데 이 집엔 꽃이 참 많군요!
(둘러보면서)
그리고 집도 매우 좋아서 정말 부럽습니다!
난 평생을 의자 둘, 소파 하나, 그리고 연기나는 낡은 난로를 들고 여기저기 돌아다니기만 했죠.
즉 다시 말해서 나의 생활에는 이런 꽃이 없었던 겁니다.
(손을 비비면서 안타까운 몸짓)
뭐 인생이 그렇지 뭐,

뚜젠바흐
그렇습니다.
일을 해야 합니다.
아마 중령님께서는, 이 독일 놈이 또 달콤한 감상에 젖어 있군, 하고 생각하시겠죠.
하지만 솔직히 나는 이제 여기 사람이나 마찬가지죠. 독일 말은 이제 할 줄도 모릅니다.
제 아버지도 여기 종교를 믿었고요.
(사이)

베르쉬닌
(무대를 서성거린다) 나는 곧잘 이런 생각을 합니다.
 '만약 내가 인생을 두 번 살 수 있다면?' 이라고요.
첫 번째 생은 연습이고, 두 번째 생이 진짜고 말이에요.
만약에 그렇게 되면, 우리는 실수하지 않으려고 노력하겠죠.
적어도 자기를 위하여 전과는 다른 생활환경을 만들어 낼 겁니다.
이렇게 꽃이 가득 있고 햇볕이 잘 드는 집을 설계할 거예요.
전 아내가 있고, 딸이 둘이예요.
우리 집사람은 몸도 안좋은데다가, 음,......
여러 가지로 복잡한 일이 많답니다.
만약에 인생을 다시 한 번 시작할 수 있다면 나는 결혼을 하지 않을 거예요. 정말입니다!

꿀르이긴 연미복 차림으로 등장.

꿀르이긴
(이리나에게 다가가서) 처제!!!
사랑하는 나의 처제!!!
나는 진심으로 우리 처제의 생일을 축하하는 동시에 우선 건강과, 또래의 처녀들에게 이루어질 수 있는 모든 것을 마음 속으로부터 기원해요.
그리고 또 이 책을 선물로서 바칩니다.
(책을 준다)
우리 중학교의 50년 사(史)!
내가 쓴 거예요.
시시한 책이고 실은 심심풀이 삼아 쓴 거지만, 어쨌든 읽어 봐요.
안녕하십니까, 여러분!
(베르쉬닌에게)
꿀르이긴, 이곳 중학교의 교사, 칠등 문관입니다.

(이리나에게)
그 책에는 50년 동안에 우리 중학교를 나온 졸업생들의 이름이 전부 나와 있어.
Feci quod potui, Faciant meliora potentes.
(나는 할 수 있는 것을 했다. 누구든지 할 수 있는 사람은 해보는 게 좋다.)
오 내 사랑하는 아내, 마샤.
(마샤에게 입맞춤한다)

이리나
형부, 이 책 지난 부활절 때 받은 건데요.

꿀르이긴
(웃는다) 그랬나?!
그럼 이리 줘.
아, 우리 중령님께 드리도록 하지.
중령님, 심심하실 때 읽어 주시기 바랍니다.

베르쉬닌
감사합니다. (가려고 하며)
서로 알게 되어 무척 기쁩니다.

올가
벌써 가시게요?
안돼요!

이리나
식사하고 가세요, 네?

올가
그래요!

베르쉬닌
그러고 보니 생일잔치에 왔나보군요.
미안해요, 그런 줄도 모르고…
(올가와 함께 홀 쪽으로 간다)

꿀르이긴
여러분, 오늘은 일요일, 즉 안식일입니다.
그러니까 이젠 쉬도록 하십시다.
각자의 나이와 신분에 따라 즐겁게 지내십시다.
카페트는 여름 동안은 챙겨서 겨울까지 넣어두는 겁니다.
방충제나 나프탈렌을 넣어서 말이죠!
로마인들이 건강했던 것은 열심히 일하고 열심히 쉬었기 때문이예요.

즉 그들은 Mens sana in corpore sano (건강한 육체에 건강한 정신이 깃든다) 였던 것 입니다.
그들의 생활은 일정한 형식에 따라 흐르고 있었습니다.
우리 이사장님은 늘 말씀하십니다. '삶에 있어서 가장 중요한 것은 형식이다. 그 형식을 잃은 것은 결국 멸망한다' 고요.
우리의 일상 생활도 역시 마찬가지입니다.
(마샤의 허리를 안고 웃으면서)
오~ 사랑하는 마샤!!!
커튼도 역시 떼어서 카페트와 함께 넣어 두는 겁니다.
그래서 전 오늘 최고로 기분이 좋습니다!!!
참, 마샤, 오늘 4시에 이사장님 댁에 함께 가야 해. 교사들과 가족동반해서 모임이 있으니까 말야.

마샤
안갈래요, 나.

꿀르이긴
(의기 소침하여)
마샤, 왜 그래?

마샤
나중에 얘기해요…
(화가 난 듯) 좋아요, 가죠.
근데 좀 저리 가요. (옆으로 떨어진다)

꿀르이긴
그리고 밤까지 이사장님 댁에 있어야 해.
우리 이사장님이 몸이 좀 불편하시잖아…
말동무라도 해드려야지, 존경스러운 분이잖아?
(벽시계를 보고 나서 자기 시계를 본다)
어, 여기 시계는 7분 빠르네.

무대 뒤에서 바이올린 소리.

올가
여러분,
식사에 앞서 애피타이저로 파이를 드세요!

꿀르이긴
아아, 올가! 나의 처형!!
정말 멋진 여자야!!
어젠 아침부터 밤 11시까지 일만 해서 녹초가 됐지만, 오늘은 정말 행복해!

(홀에 있는 테이블 쪽으로 간다)
정말, 어떻게 이런 요리를 했어?

체부뜨긴
(신문을 포켓에 쑤셔넣고 수염을 쓰다듬으면서)
파이, 파이, 파이

마샤
(체부뜨긴에게)
군의관 할아버지, 술 마시면 안돼요!

체부뜨긴
나 2년 동안 술 먹고 쓰러진 적 없어!
(신경질적으로) 아무렴 어때!

마샤
마시지 말아요, 아셨죠.
(울화가 치미는 듯, 그러나 남편에게 들리지 않게)
아아, 또 하루 종일 지루한 시간을 보내야 하다니.

뚜젠바흐
내가 마샤라면 안가요.
문제는 간단합니다.

체부뜨긴
가지 마, 마샤.

살료느이
(홀 쪽으로 가면서) 씁씁씁

뚜젠바흐
그만 좀 하세요

살료느이
씁씁씁

꿀르이긴
(흥겹게 잔을 들고)
건강을 빕니다, 중령님!
전 교육자입니다만 이 집에서는 그저 집안 식구일 뿐입니다.
마샤의 몸종이지요.
사랑해, 마샤!

베르쉬닌
(마신다) 건강을 위하여, 건배!

(올가에게) 이 집안 분위기 정말 좋네요.

응접실에는 이리나와 뚜젠바흐만 있다.

이리나
마샤 언니는 오늘 기분이 좋지 않아요.
언니가 열 여덟살때 형부가 제일 똑똑하고 현명한 남자라고 생각해서 결혼했어요.
하지만 지금은 아니다 이거죠.
…형부는 좋은 사람이에요.

올가
(부른다) 안드레이! 파이 안 먹을래?

안드레이
(방안에서) 어, 금방 가.

뚜젠바흐
 무슨 생각을 하고 있나요?

이리나
네, 그저, 전 저 살료느이 대위가 싫어요,
무섭기도 하구.
이상한 소리만 내고 있어요.

뚜젠바흐
이상한 사람이지.
난 저 사람이 말할 때 화가 날 때도 있는데, 어쩔땐 불쌍해.
나랑 둘이 있을 때 보면 조용해.
그리고 부드럽고, 헌데 사람들 앞에 나오기만 하면 거칠고 난폭한 사람이 되는건 뭐야, 나참.
잠깐만.
모두 자리 잡을 때 까지만, 여기 같이 있어요.
무슨 생각을 하고 있나요?
(사이)
이리나는 스물이고 난 아직 서른이 되지 않았고,
우리들 앞에는 아직 긴 세월이 남아 있고!
결국 나의 사랑도 아직 길다는 거.

이리나
 중위님, 우리 사랑에 관한 이야기하지 말아요.

뚜젠바흐
(듣지 않고) 난 원하는 게 많아요.

생활, 전투, 노동, 그리고 이 갈망들은 마음 속에서 이리나를 향한 마음과 융합되어 있고.
이리나는 내게 있어 최고의 여자이기 때문에 나의 인생은 정말 멋지다고 생각합니다.
무슨 생각을 하고 있나요?

이리나
중위님은 인생이 멋지다고 생각하시는군요.
나와 우리 언니들에겐 여태까지 멋있는 인생 따위는 아직 없었어요.
인생은 마치 잡초처럼 우리들이 자라는 길을 막고 말았어요!
(재빨리 눈물을 닦고 미소 짓는다)
일 해야 해요, 일.
어쩌면 멋진 인생이 없었던 건 일을 하지 않아서일거예요.
일, 일, 일!!!

나따샤 들어온다.
장미빛 옷을 입고 초록색 띠를 매고 있다.

나따샤
어머나! 벌써 식탁에 다 앉았네, 늦었어, 늦었어.

(힐끗 거울을 보고 매무새를 고친다)
머리는 괜찮은 것 같구.
(이리나를 보고)
어머, 이리나 축하해요!
(꼭 안고 입맞춤한다)
손님들이 많이 와서 정말 부끄러워요.
안녕하세요, 남작중위님!

올가
(객실로 나와서)
어머나, 나따샤! 안녕하셨어요!
(서로 입맞춤한다)

나따샤
축하해요!
근데 사람들이 너무 많아서 가슴이 두근거려요.

올가
괜찮아요, 다 허물없는 사람들인데.
(작은 소리로)
어머, 이 초록색 띠!
안좋아요….

나따샤
뭐 나쁜 징조라도 되나요?

올가
아니요, 그냥 어울리지 않는다구요.

나따샤
(울 듯한 목소리로) 그래요?
근데 이건 초록색이 아닌데…
약간 흐린 편예요.
연두색…
(올가를 따라 홀로 간다)

모두 데이블에 앉는다.

꿀르이긴
이리나,
우리 처제에게 좋은 신랑감이 나타나기를 빌어요.
이젠 시집을 가도 되는 나이니까.

체부뜨긴
나따샤에게도 좋은 신랑감이 나타나기를.

꿀르이긴
아니 나따샤한테는 벌써 남편감이 정해져 있어요.

마샤
(포크로 접시를 두드린다) 술 한 잔만 주세요!
될 대로 되라지!

꿀르이긴
당신 품행은 마이너스 3점이야.

베르쉬닌
술맛이 좋은데요, 뭘로 담근 겁니까?

살료느이
바퀴벌레죠.

이리나
(울 듯한 소리로) 어머나! 흉측해!

올가
오늘 밤에는 칠면조 통구이와 푸짐한 요리가 나옵니다.
오늘은 저도 하루 종일 집에 있을 수 있어요.

여러분, 밤에도 또 놀러오세요.
파티를 벌여요!!!

베르쉰
정말 와도 되나요?

이리나
그럼요. 꼭 오세요.

나따샤
이 집은 정말 좋은 사람들만 있어!!

체부뜨긴
인간은 사랑을 위해 태어났도다! (웃는다)

안드레이
(화난 듯이) 그만두세요, 그만 놀려요.

훼도띠끄와 로오제가 커다란 꽃바구니를 안고 등장.

훼도띠끄
거봐, 벌써 식사를 하고 있잖아.

로오제
(프랑스식으로 발음한다) 식사를 하고 있어?
그래, 정말, 벌써 시작했군.

훼도띠끄
자, 잠깐만!
(사진을 찍는다)
하나아! 좀 더 기다려!
(또 한 장 찍는다) 두울! 이제 됐어!

두 사람 꽃바구니를 들고 홀로 간다.
모두 떠들썩하게 맞이한다.

로오제
(큰소리로) 축하합니다.
행복을, 행복을 빕니다!
오늘 전 오전 내내 학생들과 있었습니다.
전 중학교에서 체육을 가르치고 있어요.

훼도띠끄
네,네 움직여도 됩니다.
자, 잠깐만요, 이리나 좋아요!
(사진을 찍으면서)

오늘의 정말 예뻐요.
(팽이를 꺼낸다)
자 선물입니다.
팽이예요.
굉장한 소리를 내죠.

이리나
어머나, 멋있어!

마샤
 '외딴 바닷가에 푸르른 떡갈나무…
한 그루 서있네…
황금빛 사슬 그 둥치에 매어져…
황금빛 사슬 그 둥치에 매어져…
그곳에 고양이학자가 밤낮으로…
사슬은 둥치에 빙글빙글 감겨있네'
(울음이 터질 듯한 얼굴로)
내가 왜 이럴까?
오늘 아침부터 이 구절이 머릿속에 달라붙어 떠나지 않네요.

꿀르이긴
열세 명이 앉아 있군요!

로오제
여러분, 그런 미신을 믿습니까?

웃음

꿀르이긴
열세 명이 앉았다는 건 사랑하는 한 쌍이 있다는 얘기죠, 군의관님?

웃음

체부뜨긴
하하하, 근데 왜 나따샤가 얼굴이 빨개지지?

폭소.
나따샤는 객실로 뛰쳐나간다.
이어 안드레이도.

안드레이
나따샤,
나따샤!
뭘 그런 걸 가지고 그래?

나따샤
부끄러워요.
그렇지 않아도 어색해 죽겠는데 놀리고 말이에요.
아유~ 정말 창피해 죽겠어…
죽고 싶어요….(두 손으로 얼굴을 가린다)

안드레이
나따샤, 진정해,
다 그냥 좋아서 하는 말인데 뭐,
나따샤가 좋아서 그러는 거야,
자아, 이쪽으로 와.

나따샤
전 사람들 많은 곳에 있어 본 적이 별로 없어요.
(안드레이 다가서자 약간 피한다)

안드레이
괜찮아, 아무도 보는 사람은 없어!
아무도 안 본다니까!
(다가서며)
나와 결혼해 줄래?
사랑해.

(입맞춤)

두 장교가 들어오다가 두 사람을 보고 놀라서 멈춰 선다.

curtain

2년 후, 카니발(마슬레니챠).
응접실. 2월, 겨울, 밤.
(사순시기에 앞서는 3~7일. 대체로 2월경이며 아직 춥고 눈이 많다)

2년 후.
무대는 1막과 같다.
밤 8시경.
무대 뒤 거리에서 연주하는 아코디언 소리가 희미하게 들린다.
실내 불은 꺼져있다.
홈드레스를 입은 나따샤는 촛불을 들고 등장.
홀을 가로질러 안드레이의 서재 앞에 멈춰 선다.

나따샤
여보, 뭐하고 있어요?
책 읽어요?
아니, 아무 것도 아니에요, 그저 좀…
(걸어서 또 다른 문을 열어 안을 들여다보고는 닫는다)
촛불을 껐는지 보려고….

안드레이
(책을 들고 있다)
왜 그래, 나따샤?

나따샤
돌아보고 있는 거예요,
불 단속이 되어있는지 어떤지 보려구요.
지금은 카니발 중이어서 하인들이 전부 들떠 있으니까 만일의 경우를 생각해서 조심해야죠.
어제도 한밤중에 식당을 지나다 보니까 촛불이 켜 있지 뭐에요.
누가 켰는지 결국 모르고 말았지만.
(촛불을 놓는다) 지금 몇 시죠?

안드레이
(시계를 보며) 8시 15분

나따샤
이렇게 늦었는데 우리 올가와 이리나는 아직도 안 돌아왔어요.
가엾게도 일들만 하고 있나봐요.
올가 아가씨는 늘 교사 회의가 있고, 이리나 아가씨는 전신국에…(한숨)
오늘 아침에는 모두한테 몸 좀 돌보라고 말했지만 소용없어요.
여덟시 십오분요?
그리고 여보, 우리 보비끄가 아무래도 심각해요.
몸이 차가워요.
어제는 열이 좀 있었는데 오늘은 아주 차갑지 뭐예요. 정말 걱정이에요!

안드레이
괜찮아, 나따샤, 애기는 건강하다구.

나따샤
여보, 당신도 식사조절을 하는 편이 좋아요.
그리고 오늘 밤 9시가 지나서야 가장무도회 사람들이 들이닥친다는데…
오지 않았음 좋겠어…
그렇지 않아요, 여보?

안드레이
글쎄, 나는 몰라,
어쨌든 일단 불렀으니, 어쩔거야…

나따샤
오늘 아침 우리 보비끄가 눈을 떠서 말이에요,
가만히 내 얼굴을 보고 있더니 갑자기 방긋 웃지 뭐예요.
그러니까 날 알아보는 거예요.
'보비끄, 잘 잤니! 아가야, 안녕!' 하고 말했더니 생글생글 웃는 거예요.
엄만지 아는가 봐요,
그럼, 여보, 가장 무도회 사람들을 받아들이지 않도록 하인들에게 말해도 괜찮겠죠?
안드레이!

안드레이
(우물쭈물하는 태도로)
하지만 그건 올가가 결정할 문제지.

나따샤
같은 심정일 거예요.
내가 말할게요.
(걸어가면서)
이제부터 당신 식사는 요구르트예요.
의사 선생님이 그랬잖아요.
'요구르트 외엔 먹어서는 안됩니다. 비만엔 이 방법 뿐이예요' 라고 말이에요.
(멈춰 선다)
보비끄가 몸이 차요.
그 방이 춥기 때문일 거야.
봄이 와서 따뜻해질 때까지 만이라도 어디 다른 방으로 옮기는 편이 좋겠어요.
이리나 아가씨 방이 아기에게 딱인데…
하루 종일 해가 비치니까…

이리나 아가씨에게 말해보면 어떨까요?
아가씬 올가 언니와 한 방을 써도 되잖아요.
어차피 낮에는 집에 없고 잠만 자러 오니까…
(사이)
이봐요, 안드레이, 여보, 아이 참, 말 좀 해봐요.

안드레이
음, 좀 생각하고 있었어.
그리고 또 별로 말할 것도 없고 말이야.

나따샤
참, 뭔가 할 말이 있었는데…
아차!
시의회 수위가 와서 당신을 뵙고 싶다고 했어요.

안드레이
훼라뽄뜨 영감이?
(하품을 한다) 불러 줘요.

나따샤 나간다.
안드레이는 그녀가 잊고 간 촛불 위에 구부리고 책을
읽는다.
훼라뽄뜨 등장.

다 해진 낡은 외투를 입고 깃을 세우고 두 귀는 헝겊으
로 싸매고 있다.

안드레이
어서 와요, 무슨 일이지?

훼라뽄뜨
의장님이 장부와 무슨 서류를 가져다 드리라고 하
셨습니다.
네.
(장부와 서류봉투를 건네준다)

안드레이
수고했어요, 알았어.
하지만 하필이면 이렇게 늦은 시간에 왔어?
벌써 여덟 시가 넘었는데.

훼라뽄뜨
뭐라구요?

안드레이
(소리를 높여서) 늦게 왔다고 했어요,
벌써 여덟 시가 지났다구 말야.

훼라뽄뜨
아, 네! 제가 여기 왔을 때는 날이 밝았었는데,
들여보내 주시질 않았습니다.
나리께서 일하시는 중이라굽쇼.
그래 하는 수 없이 기다렸습죠.
뭐, 저도 바쁜 일은 없었으니까요.
(안드레이가 뭔가 물어본 줄 알고) 네?
뭐라고 하셨는가요?

안드레이
아무것도 아냐.
(장부를 들여다보면서)
내일 금요일은 관청이 쉰다는군.
하지만, 어쨌든 난 나가겠어.
가서 일을 해야지.
집에 있으니까 지루해.
 (사이)
이봐요, 영감, 인생이란 놈은 이상하게 변하는 거로군요.
사람을 속이고만 있어!
난 오늘 지루하고 심심해서 이 책을 꺼내 보았지,
오래 된 대학 강의록이야.
그런데 어쩐지 우스워지더군.

글쎄 나는 시회의 임시 서기에 지나지 않아.
그것도 저 쁘로뜨뽀뽀프가 의장을 하고 있는 관청
에서 말야.
그리고 임시 서기인 내가 가질 수 있는 최대의 희
망이라면, 즉 시의회 의원이 되는 일이지!
내가 이곳 시의회 의원이 되다니!
언젠가는 모스끄바 대학의 교수, 러시아가 자랑하
는 유명한 학자가 되는 것을 매일 밤처럼 꿈꾸고
있던 이 내가 말이야!

훼라뽄뜨
뭐라 하시는 지… 제가 귀가 멀어서…

안드레이
할아범 귀가 제대로 들린다면 내가 이런 말을 하
겠어?
나는 누구든 붙들고 이야기하지 않고는 못 견디겠
는데도 아내는 나를 이해하지 못하고, 누이들은
바쁘고, 또 이런 얘길 하면 나를 무시하고 비웃
을 것만 같아…
술을 마시진 않지만, 모스끄바 대학가의 레스토랑
에서 술 한 잔 하고 싶어.
그럼 좀 나아질텐데…

훼라뽄뜨
그 뭡니까, 모스끄바에서는 말입니다.
아까 사무실에서 업자들이 하던 얘깁니다만, 어떤 장삿군들이 떡먹기를 하여 그 중의 한 사람은 마흔 개의 떡을 먹어 치우고는 뻗어버렸답니다.
마흔 개였는지 쉰 개였는지, 그건 확실히 모르겠습니다만.

안드레이
모스끄바에서 레스토랑의 어마어마한 홀에 앉아 있어 보라구.
나를 아는 사람은 아무도 없고 이쪽에서도 아무도 모르지.
그러면서도 자기가 낯선 사람 같은 기분이 들지 않아.
그런데 이놈의 동네에선 서로 모두 잘 알고 있는 사이인데도 그냥 남남 같아.

훼라뽄뜨
그 뭡니까?
(사이)
역시 그 업자들의 얘기로는, 거짓말인지도 모르지만, 모스끄바에는 이 끝에서 저 끝까지 굵은 밧줄이 한 줄 쳐 있다던데요.

안드레이
뭐라는 거야?

훼라뽄뜨
모르겠습니다.
업자들이 하는 말이라…

안드레이
바보 같은 소리.
(강의록을 읽는다)
할아범은 모스끄바에 가본 적이 있나?

훼라뽄뜨
(잠깐 사이를 두고)
없습니다요.
그런 운명입죠.
(사이)
이제 가도 괜찮을까요?

안드레이
음, 좋아, 수고했어요.
(훼라뽄뜨 나간다)
잘 가요.
(읽으면서)
내일 아침, 이 서류를 가지러 오세요.
이제 가도 좋아요.
(사이)
가버렸군.
(벨 소리)
드디어 시작이군.
  (기지개를 켜고 천천히 자기 방으로 들어간다)

무대 뒤에서 요람의 아기를 재우는 유모의 자장가.
마샤와 베르쉬닌 들어온다.
잠시 후 두 사람의 이야기 도중에 하녀가 램프와 촛불을 켠다.

마샤
모르겠어요.
(사이)
잘 모르겠어요.
맞아요, 습관이라는게 무서운 것 같아요.

예를 들어 우린 아버지가 돌아가신 뒤 오랜 동안, 호위병들이 없다는 사실이 어쩐지 허전해서 못 견디겠더라고요.
하지만 습관은 습관이고, 냉정히 말하면 이젠 그런건 사치에 지나지 않아요.
어쨌든! 다른 곳은 어떨지 모르지만, 이 도시에서 그래도 가장 올바른 정신과 가장 고상한 품성과 교양이 있는 사람들이란 역시 군인들이에요.

베르쉬닌
목이 마르군.
차가 마시고 싶은데요.

마샤
(시계를 보며, 하녀에게) 차를 가져 와!
(베르쉬닌에게)
제가 열 여덟에 결혼했을 때만 해도 남편이 무서워 혼이 났어요.
그럴 수 밖에 없는게 남편은 선생님이고 전 그 학교를 바로 나왔을 때니까요.
그땐 남편이 엄청난 학자이고 머리가 좋은 훌륭한 사람으로 보였죠.
뭐 지금은 아니지만요.

베르쉬닌
아, 그렇군요. 하하.

마샤
남편에 대해서 이래저래 말하고 싶은 생각은 없어요, 이젠 뭐 달관했어요.
선생이라고 다 인격자는 아니라는 걸 알았어요.
교사들의 모임에 나갈때면 정말 지옥과 같은 고통이예요.

베르쉬닌
뭐 이 도시에서 선생이고 군인이고 다 똑같은 속물이 되는거죠.
마누라 때문에 죽겠다느니, 집 문제가 어떻다느니, 소유지 때문에 골탕을 먹었다느니, 우리 말이 어쩌구, 키우는 개가 어쩌구…
대개 이런 이야기가 고작이지요.
뭐 인생이 다 그런거지….

마샤
네…

베르쉬닌
어째서 남자는 아이 때문에, 마누라 때문에 죽겠다는 소리를 해야 하나!
그리고 또 마누라 쪽에서는 남편 때문에 한숨을 쉬어야 하는가!

마샤
오늘 기분이 좀 안 좋으세요?

베르쉬닌
하핫! 오늘 난 아침부터 아무것도 먹지 못했어요.
딸애가 또 아파서 신경 쓰느라…
내 아내는 신경도 안쓰고 있고…
아아, 만약, 마샤가 오늘 같은 날, 내 마누라의 꼴을 봤더라면…
정말 한마디로 돼먹지 못한 여자죠!
아침 7시에 아이 때문에 부부 싸움을 시작했는데, 9시가 되었을 때 난 집을 뛰쳐나오고 말았죠.
(사이)
나 지금까지 이런 말을 입 밖에 낸 적이 없는데 이상하게도 마샤한테 만은 이렇게 불평을 하게 되는군…
(마샤의 손에 입맞춤)

화내지 마세요.
나 솔직히 마샤 말고는 아무도 없어요.
(사이)

마샤
바람이 많이 부네요…
아버지 돌아가시기 전에도 이랬는데…

베르쉬닌
(다시 손에 입맞춤) 마샤…
이런 어둠 속에서도 마샤의 눈이 빛나고 있어요.

마샤
(다른 의자에 가서 앉는다)
이쪽이 더 밝아요.

베르쉬닌
사랑해요, 사랑해요.
사랑합니다, 사랑합니다.
당신의 눈, 당신의 움직임…
꿈 속에서도 항상 봅니다.
아름다운 마샤…

마샤
(작은 웃음소리를 내며) 무서워요.
우습기도 하구요.
그런 말씀 하지 마세요.
우린 결혼한 사람들이잖아요.
(작은 소리로) 하지만 저도 좋아질 것 같아요.
(두 손으로 얼굴을 가린다) 부끄러워라.
(벨소리)
아, 누가 와요,
(사이)
다른 이야기를 하고 있던 것 처럼 하세요.

이리나와 뚜젠바흐 홀을 지나서 들어온다.

뚜젠바흐
이제 난 러시아 사람이나 마찬가지야.
종교도 바꿨고, 독일적인 면이라고는 이제 거의
남아 있지 않습니다.
굳이 말한다면, 약간 고집이 세다는 거?
편견을 갖지 말아줘.
매일 이렇게 집까지 바래다 주는데,
내 맘을 모르겠어?

이리나
아, 피곤해.

뚜젠바흐
매일, 매일,
전신국으로 가서 여기 집까지 바래다 주겠어.
10년이고 20년이고 거기를 그만둘 때까지!!
(마샤와 베르쉬닌을 발견하고 기쁜 듯이)
아, 마샤, 중령님.
(경례한다)

이리나
(마샤에게)
언니 어쩌면 좋아.
아까 어떤 아주머니가 전신국에 와서 말야,
오늘 아들이 죽어서 사라또프의 삼촌에게 전보를
치고 싶다는거야.
그런데 아주머니가 거기 주소를 모른다네.
그래서 그냥 주소없이 '사라또프의 삼촌에게'
라고 치고 말았어.
아주머니가 큰 소리로 울더라.
난 나도 모르게 '지금 전 바빠요'라고 말했어.
정말 잘못한 것 같아…

오늘 가장무도회 사람들 우리 집에 오는 거야?

마샤
응

이리나
(안락 의자에 앉는다) 좀 쉬어야지.
피곤해 죽겠어.

뚜젠바흐
(미소지으며) 이리나가 직장에서 돌아오면 아직
어리고 불쌍한 아가씨로 보여.
(사이)

이리나
피곤해.
난, 전신국 같은 건 싫어요.
적성에 맞지않아.

마샤
너 좀 말랐구나.
그리고 (휘파람을 분다)
좀 남자같아.

뚜젠바흐
(미소지으며) 머리 모양 때문일 겁니다.

이리나
뭐든 다른 직업을 찾아야 겠어.
내가 원했던 의미있는 노동이 아니야.
낭만도, 철학도 사상도 없는 단순노동…
정말 싫어…
언니, 어제 군의관 할아버지와 안드레이 오빠가
클럽에 가서 또 다 잃었데.
사람들의 말로는 오빠는 2백 루블이나 잃었대요.

마샤
쉿, 나따샤가 들을라.

이리나
들으라지 뭐, 상관없어.
정말 여긴 지긋지긋해.
어제도 모스끄바 꿈을 꿨어, 아아.
6월이면 떠날거니까,
(손가락으로) 5개월 남았다!

체부뜨낀, 저녁 식사 후 한숨 자고 있던 침대에서 막 일어나 나온 듯한 꼴로 홀에 들어와서 수염을 다듬고 난 다음 테이블 앞에 앉아 주머니에서 신문을 꺼내 읽는다.

마샤
저기 오셨군, 할아버지 방세는 내니 요즘?

이리나
(웃는다) 아니. 여덟 달 동안 한푼도 안 냈어.
깨끗이 다 잊어버리고 있는 모양이야.

마샤
(웃는다) 저 버티고 앉아 있는 모습 좀 봐!

모두 웃는다.
사이.

이리나
중령님, 왜 이렇게 조용하세요?

베르쉬닌
따뜻한 차를 마시고 싶어요.
아침부터 아무것도 먹지 않아서요.

체부뜨긴
이리나! 사랑하는 이리나!!

이리나
왜요?

체부뜨긴
잠깐 와줘. (프랑스어) Venez ici
(이리나는 가서 테이블을 향해 앉는다)
난 이리나가 없으면 못 살아.
(이리나, 빠시앙스 카드를 늘어놓는다)
(역주:혼자서 하는 카드놀이 혹은 카드 점)

베르쉬닌
어떤가 중위.
차를 기다리는 동안 철학 논쟁이라도 해볼까.

뚜젠바흐
좋습니다. 주제는요?

베르쉬닌
글쎄?
어디 한 번 공상의 나래를 펴볼까.
이를테면 우리가 죽은 지 이삼 백 년 뒤의 생활이라는 것은 어떨까?

뚜젠바흐
그래요?
우리가 죽은 뒤에는 사람들이 날아다니게 될 것이고 정장의 모양도 달라지겠죠.
혹시 육감이라는 것을 발견하여 그것을 발달시킬지도 모르고요.
멀리 있는 사람과도 이야기 할 수 있을 거예요.
하지만 생활은 여전히 현재 그대로일 겁니다.
생활은 여전히 어렵고 수수께끼 같고, 그러나 행복할 겁니다.
천 년이 지나 봤자 인간은 역시 「아아, 산다는 것은 괴롭다!」고 탄식하겠지만 동시에 또한 꼭 지금과 마찬가지로 죽음을 두려워하고 죽기 싫다고 생각하겠지요.

베르쉬닌
(잠시 생각하다가) 뭐라고하면 좋을까..음...
중위는 방금 인간의 삶은 그대로라고 말했지만, 내 생각엔 삶은 서서히 변하고 있다고 봐요.

이백 년, 삼백 년, 아니 천년, 뭐 기간이 중요한 건 아니지만 언젠가는 인간에겐 새롭고 행복한 삶이 찾아 올거라고 봐요.
물론, 지금 우리는 그 삶을 누리지 못하겠지.
하지만 우리 후손에게 그 행복을 단지 물려주기 위해 지금 우리는 일을 하고, 고통 받고 하면서 삶을 사는게 아닐까?
(사이)
그것이 존재의 이유이고…
우린 다만 죽도록 고통받고 일하면서 다가올 행복이란 것은 후손들의 몫이라는 거죠.
　(마샤를 보며) 우리에게 행복은 없다!

마샤
(작게 웃음소리를 낸다)

뚜젠바흐
왜 그러십니까?

마샤
모르겠어요.
오늘은 아침부터 하루 종일 웃고만 싶어요.

베르쉬닌
나는 책을 많이 읽고 있지만 무엇이 나에게 필요한 책인지 모르겠어요…
어쩌면 전혀 쓸모없는 책을 그저 의무감 때문에 읽는지도 몰라요.
이렇게 중년의 나이가 되었지만 아는 게 없습니다. 하지만 가장 중요한 사실을 알고 있습니다.
다음 세대들을 위하여 그저 열심히 일을 해야한다는 것이죠.
행복은 후손들의 몫입니다.
우리는 행복을 바라지 말고 그저 정진하는 거죠.

훼도띠그와 로오제가 홀에 나타난다.
두 사람은 앉아서 기타를 치면서 노래한다.

뚜젠바흐
중령님 주장은 행복을 꿈꾸는 것 조차 안된다는 거로군요?
하지만 내가 지금 행복하다면!

베르쉬닌
그럴 리가 있나?

뚜젠바흐
(손뼉을 치고 웃으면서) 아니에요, 행복해요.
아, 이해를 못하시네. 어떻게 납득을 시키지?

마샤
(나직이 웃는다)

뚜젠바흐
(손가락으로 가리키며) 어, 웃으시네요.
(베르쉬닌에게) 이삼백 년이 아니라 백만 년이 지난 뒤라도 사람의 생활은 역시 원래대로일 겁니다.
그것은 변화하지 않고 그 타고난 법칙에 따라 언제나 불변하게 계속 될 것입니다만, 과연 그 법칙이 무엇이냐 하는 것은 우리가 알 바 아니며 또한 지난 뒤라도 사람의 생활은 역시 원래대로일 겁니다.
적어도 우리들로서는 절대로 알 수 없을 겁니다.
철새, 예를 들어 학 같은 것이 하늘을 납니다.
날아갑니다.
고상하거나 저급하거나 어떠한 생각이 그들의 머릿 속에 있다고 해도 역시 그들은 날아갈 것이며, 어디로, 무엇하러 가는지는 알 수 없을 겁니다.

설령 그 어떤 철학자가 그들 속에서 나타난다 할지라도 그들은 현재 날고 있으며 앞으로도 역시 날 겁니다.
멋대로 철학이나 늘어놓으렴, 우린 다만 날기만 하면 되니까, 라고 말입니다.

마샤
하지만 거기에도 의미는 있지 않을까요?

뚜젠바흐
의미라…
지금 눈이 오고 있습니다.
저기 무슨 의미가 있다는 겁니까?
(사이)

마샤
전 이렇게 생각해요.
사람은 신념이 있어야 한다…
적어도 신념을 찾아야 한다…
그렇지 않으면 생활은 공허해지고 만다…
텅 비어 버린다고 말이에요.
이렇게 살면서, 무슨 이유로 학이 나는 지, 무엇 때문에 아이가 태어나는 지,

별은 하늘에 왜 있는 지,
그런 것도 모르다니…
왜 사는가…
그것을 알 것…
그렇지 않으면 모든 것은 무의미하다.
고골이 말했죠,
　'여러분 이러한 세상에 산다는 것은 지루한 일입
니다'

(사이)

베르쉬닌
어쨌든 안타까운 일입니다,
청춘이 지나가 버렸다는 건…

체부뜨긴
(신문을 읽으면서)
발자크, 베르디체프에서 결혼이라…
가만 있자!
이건 수첩에 적어 두어야겠군.
(적는다) 발자크, 베르디체프에서 결혼…
(신문을 읽는다)

이리나
(카드를 늘어놓으면서 생각에 잠긴 듯이)
발자크, 베르디체프에서 결혼…
50년 전 얘기…

뚜젠바흐
실은 마샤, 난 제대신청서를 냈어요.

마샤
들었어요.
근데 군인이 더 좋지 않나요?

뚜젠바흐
아뇨!
(일어선다) 난 체격으로 보나, 성격으로 보나 군인
엔 적당하지 않아요.
전 그냥 노동의 기쁨을 가지겠습니다.
일생 동안에 하루 만이라도 좋으니 실컷 일해 보
고 싶습니다.
밤에 집에 돌아오자마자 피곤한 나머지 침대에 쓰
러져서 그대로 잠들어버리는 그런 식으로 말입니
다.
(홀로 간다) 노동자들은 분명히 잠을 잘 잘거야!

훼도띠끄
(이리나에게) 자, 방금 모스끄바에서 온 색연필.
그리고 이 주머니 칼도!

이리나
색연필이요?
흥, 나를 아직 어린애 취급하시는 거예요?
난 다 컸어요.
(색연필과 칼을 손에 들고 기쁜 듯이)
아이 예뻐!

훼도띠끄
아, 이건 내꺼지.
큰 칼이 하나, 그리고 또 작은 칼, 그리고 또 하나,
이건 귀후비개, 이 작은 가위는 손톱정리용!!

체부뜨긴
나 줘!!

로오제
(큰 소리로) 군의관님, 나이가 어떻게 되셔요?

체부뜨긴
나? 서른 둘.

웃음

훼도띠끄
제가 이번엔 재미있는 카드 점을 가르쳐 드리죠.
(카드를 늘어놓는다)

사모바르가 나온다.
안피사가 사모바르의 시중을 든다.
잠시 후 나따샤가 들어와 함께 식탁 시중을 든다.
후에 살료느이가 인사를 나누고 식탁에 앉는다.

베르쉬닌
이거 대단한 바람인데요!

마샤
그러게요.
겨울이라면 이제 진저리가 나요.
여름이 어떤 건지 까먹었어요.

이리나
카드 점 이거 잘 나온거죠?

그렇죠?
모스끄바에 갈 수 있다는 거죠?

훼도띠끄
아니, 이것 봐.
8이 스페이드2 위에 있잖아!
(웃는다)
이건 한군데 눌러 앉아 있다는 얘긴데!

체부뜨긴
(신문을 읽는다) 만주별판에 천연두 창궐.

안피사
(마샤 곁에 다가가며)
마샤, 어서 차를 드세요, 이리 오세요.
(베르쉬닌에게) 아이구 이름이 생각이 안나네…

마샤
이리 가져다 줘, 유모.

이리나
유모!

안피사
네, 갑니다요!

나따샤
(살료느이에게) 애기가 날 알아보는 거예요.
「안녕, 보비끄. 잘 잤니, 아가야!」 하고 말하면 뭔가 이렇게 의미있는 눈망울로 나를 보는 거예요.
벌써 알아보다니 천재가 아닐까?

살료느이
난 아이를 낳으면 프라이팬에 튀겨 먹어 버릴 겁니다.

나따샤
(비명)

살료느이, 잔을 들고 객실로 가서 구석에 앉는다.

나따샤
(두 손으로 얼굴을 감싸고) 몰상식하고!
난폭하고!
무식해, 정말!

마샤
모스끄바라면 이런 추위가 관심이 없을텐데….

베르쉬닌
며칠 전, 어느 프랑스의 정치가가 옥중에서 쓴 일기를 읽었어요.
그 사람 10년 선고를 받았는데, 그 사람이 말입니다, 정말 멋들어진 문장으로 감옥의 창문에서 바라본 새에 대해 쓰고 있었어요.
정치가로 지내던 때는 바라보지도 않던 새에 대해서 말이예요.
그리곤 출옥한 지금에 와선 또, 새 같은 건 생각지도 않고 있겠지만 말이지.
이 말은 막상 모스끄바에서 살게 되면 모스끄바의 존재가치를 모른다는 거지요.
행복은 다만 찾아 헤맬 뿐!

뚜젠바흐
(테이블에 과자 상자를 들고)
아니, 여기 과자들이 다 어디갔지?

이리나
살료느이 대위가 다 먹었어요!

뚜젠바흐
이걸 다?

안피사
(차를 내려놓으면서) 편집니다, 중령님.

베르쉬닌
나한테?
(편지를 받는다) 우리 딸.
(읽는다)
(혼잣말) 그럼 그렇지… 오래된 역사지…
(마샤에게) 마샤, 미안해요. 가봐야겠어요.
차도 못마시고 가는군…
(일어난다, 흥분)
정말 허구한 날!

마샤
왜 그러세요?

베르쉬닌
(낮은 소리로) 집사람이 또 약을 먹었답니다.
가봐야겠어요.

조용히 나갈께요.
아아, 마샤, 나 정말 괴롭습니다.
(마샤의 손에 입맞춤) 마샤… 쉿 (나간다)

안피사
중령양반, 차 마시고 가요!
아니 차 마시고 싶다고 해서 가져 왔더니만…
중령양반! 중령양반!

마샤
(홧김에) 저리 가요!
왜 이리 왔다갔다 해!
정신 사납게!! (테이블 쪽으로 간다)

안피사
왜 그렇게 화가 나셨수, 아가씨?

[안드레이의 목소리] 안피사!

안피사
(흉내를 낸다) 안피사!
하여간 꼼짝을 안해요! (나간다)

마샤
(홀의 테이블 옆에서 짜증을 내며) 뭐야!
(테이블 위의 카드를 휘저어 버린다)
무슨 얼어죽을 카드점이야!
차나 마셔!

이리나
어머나, 언니!
왜 그래?
왜 또 심술났어?

마샤
그래 나 심술이 났거든!
내버려 둬!

체부뜨긴
(흉내)
내버려 둬!

마샤
군의관님! 나이가 환갑인데 애들처럼 왜 그래요?
술주정뱅이 영감탱이!

나따샤
(한숨을 쉰다) 아가씨!
제발 그런 상스러운 말 하지 마세요!
부드럽게, 부드럽게!
(서툰 프랑스어로)
Je vous prie, pardonnez moi, Marie, mais vous avez des manieres un peu grossieres.
(이런 말을 해서 미안하지만 마샤, 당신 태도엔 약간 거친 데가 있어요.)

뚜젠바흐
(웃음을 참으면서) 거기 꼬냑 좀 주세요.

나따샤
(여전히 서툰 프랑스어로)
Il parait que mon Bobik deja ne dort pas.
(우리 보비끄가 깬 모양이야.)
이런, 이런! 우리 아기가 오늘 몸이 좋지 않아요. 잠깐 보고 오겠어요. 실례합니다. (나간다)

이리나
중령님은?
가셨어?

마샤
집에.
마누라라는 분이 또 사고를 친 모양이야.

뚜젠바흐
(꼬냑을 들고 살료느이에게로 간다)
대위님~ 여전히 혼자 뭔가를 생각하고 있군요.
자, 받으세요.
(두 사람 마신다) 우리 화해해요, 네?

살료느이
화해?
언제 우리 싸웠나?

뚜젠바흐
우리 관계는 늘 어색하잖아요.
정말 괴짜셔.

살료느이
(낭독조로)
그렇다, 나는 괴짜다.
하지만 그 누가 괴짜가 아니란 말인가!

'화내지 말지어다 알레꼬여!'
(역주: 뿌쉬낀의 서사시 집시에서 인용)
(사이)
솔직히 사람들 앞에서는 내가 좀 이상해져.

뚜젠바흐
네, 그런게 어색합니다.
둘이 있을땐 조용하시다가 사람들 앞에선 늘 이상한 말만 하시고, 도전적이시죠.
저한테 무슨 안좋은 감정이라도 있습니까?
(살료느이, 고개를 젓는다) 그럼 우리 한 잔 하죠!
나 솔직히, 대위님 좋습니다.

살료느이
건배.
(두 사람 잔을 든다)
나도 중위에게 별다른 감정을 품어 본 적이 없어.
(작은 소리로)
그냥 난 레르몬또프적 성격의 소유자일 뿐이지.
(포켓에서 향수병을 꺼내 두 손에다 뿌린다)

뚜젠바흐
제대 신청을 해 놓은 상태고!

이제 군대생활은 끝이 났습니다!
5년 동안 망설이던 끝에 겨우 결심했죠.
이제부턴 그냥 노동자가 되는 겁니다!
일! 일! 일!

살료느이
삶이 그대를 속일지라도 슬퍼하거나 노여워 하지 말라. (역주: 뿌쉬낀의 시에서 인용)

두 사람이 이야기하고 있는 동안에 안드레이가 책을 손에 들고 조용히 등장하여 자리에 앉는다.

뚜젠바흐
이제부턴 일을 하겠습니다.

살료느이
그래, 이리나와 일이나 해

뚜젠바흐
또, 또 시작이시네요, 대위님.

살료느이
일을 하는 날엔 이와 삼은 무엇을 할까?

뚜젠바흐
(홀 쪽으로) 가장무도회 사람들은 언제 오나요?

이리나
아홉 시에 온다고 했으니까, 이제 곧 오겠죠.

살료느이
아홉 시에 온다는 것은 즉 온다는 얘기고 아직 아홉 시가 되지 않았으니 안 온다는 얘기지.

뚜젠바흐
(피아노 연주를 한다) 오오 나의 집, 나의 새 집~

안드레이
(춤추며 노래한다) 오오, 단풍나무로 지은~

체부뜨긴
(춤춘다) 창살이 달린!

웃음

뚜젠바흐
(안드레이에게 친근하게)

형님! 한 잔 해요, 안드레이!
자, 단숨에!
음…
난 형님과 함께, 모스끄바에 갈 거예요! 형님!
나, 모스끄바 대학에 입학하겠어요!
나는 학생, 형님은 교수!!

살료느이
대학이라니, 어디?
모스끄바 대학은 두개 있는데.

안드레이
하하하, 모스끄바 대학은 하납니다.

살료느이
난 두 개 있다고 말했는데…?

안드레이
그럼 세 개라고 합시다. 좋네!

살료느이
모스끄바 대학은 두 개 있다구요!
(불만스러운 웅성임과 논쟁을 말리는 소리)

모스끄바 대학은 두 개 있어요. 신관! 구관!
내 말에 모두 짜증납니까? 그렇다면 조용히 하죠.
(문 밖으로 나간다)

뚜젠바흐
브라보, 브라보!
(웃는다) 여러분, 자아, 시작하세요,
전 앉아서 치겠습니다!
괴짜야, 저 살료느이는….
(피아노 앞에 앉아 왈츠를 친다)

마샤
(혼자서 왈츠를 춘다) 술 취한 남작님.
술 취한 남작님. 술 취한 남작님.

나따샤 들어온다.

나따샤
(체부뜨긴에게) 군의관 할아버지!

뭔가 체부뜨긴에게 말하고는 조용히 나간다. 체부뜨긴
은 뚜젠바흐의 어깨를 치고 뭔가 귓속말을 한다.

이리나
왜 그러세요?
한창 좋은데 지금!

체부뜨긴
헤어질 시간입니다.
안녕히…

뚜젠바흐
안녕히 주무세요.
이젠 돌아가야죠.

이리나
잠깐, 그럼 가장 무도회 사람들은?

안드레이
(당황하면서) 음… 안올꺼야.
왜냐하면 이리나, 보비끄가 몸이 안좋다고
나따샤가 말하지 않았나?

이리나
(어깨를 으쓱하며) 보비끄가 아프다?

체부뜨긴
난 네 어머니를 사랑했어.
그래서 결혼하고 싶었지.

안드레이
아유~ 맨날 그 소리!!
난 오늘 패 안잡아요, 그냥 구경만 할께요.

체부뜨긴
그럼, 돈 좀 꿔 줘.

안드레이
돈요? 없는데… (두 사람 나간다)

벨 소리.
곧 이어 또 벨 소리.
말소리와 웃음소리가 들린다.

이리나
(나온다) 유모, 뭐야?

안피사
(속삭이는 소리로) 가장 무도회 사람들이에요!
(벨소리)

이리나
유모, 집에 아무도 없다고, 미안하다고 말해줘요.

안피사 문쪽으로 나간다.
이리나는 생각에 잠겨서 방안을 이리저리 서성거린다.
살료느이 들어온다.

살료느이
(이상하다는 듯이) 아무도 없군.
모두 어딜 갔을까?

이리나
모두 집으로 갔어요.

살료느이
이상하군, 그럼 혼자인가?

이리나
네, 혼자예요.
(사이)

안녕히 주무세요.

살료느이
이리나…(다가선다)

이리나
돌아가 주세요, 네, 안녕!

살료느이
그래도 날 이해해 주는 건 이리나 밖에 없어.
다른 사람들이 이상한 눈으로 바라보고 있지만,
난 알 수 있어,
이리나는 내 속을 알아주고 있어.
이리나, 사랑해!

이리나
(냉담하게) 그만둬요, 대위님!

살료느이
난 태어나서 처음으로 사랑 고백이라는 것을 하는 거야.
그래서 좀 서툴지만 떨려.
(이마를 문지른다)

사랑해, 이리나.

이리나
미안하지만 거절할께요.

살료느이
(자신의 자존심이 뭉개진 듯)
뚜젠바흐!
그 중위 놈 때문에 그런거야?
좋아!
내가 그 놈을 죽여 버릴꺼야!
넌 그럼 내꺼야!
난 내 적수를 그냥 놔둔 적이 없어!

나따샤 촛불을 들고 들어온다.

나따샤
어머, 대위님 미안해요.
잠옷 바람으로…

살료느이
괜찮습니다.
안녕. (사라진다)

나따샤
피곤하죠. 우리 귀여운 아가씨, 가엾어라!
(이리나에게 입맞춤한다) 이런 이런!

이리나
보비끄는 자요?

나따샤
자고 있어요.
하지만 깊은 잠은 아닌가봐요.
아, 마침 잘됐네.
나 아가씨에게 할 말이 있었는데…
아가씨 방은 해가 잘 들고, 따뜻하죠? .
보비끄가 지금 쓰는 방은 춥고 습기가 있어요,
애들 건강에 안 좋아요,
아가씨가 당분간 올가 언니와 같은 방에서 자요.

이리나
(알아듣지 못하고) 어디로요?

방울 달린 뜨로이까(삼두마차)가 집 앞에 힘차게 멈추는 소리가 난다.

나따샤
정말 그 앤 귀여운 애라니까요.
오늘도 내가 '보비끄, 착하지~' 하고 말하니까
이렇게 쬐끄만 눈으로 나를 빤히 쳐다보지 않겠어요.
(벨 소리)
올가 아가씨일 거야.
너무 늦게 왔어, 어쩜 좋아.

하녀가 나따샤에게 다가가서 뭔가 속삭인다.

나따샤
쁘로뜨뽀뽀프라고?
참 별사람 다 보겠네.
쁘로뜨뽀뽀프가 찾아와서 마차타고 산책하자고 나를 부른대요.
(웃는다)
남자란 정말 알 수 없어.
(벨 소리)
이번에 정말 올가 아가씨일 거야, 아마. (나간다)

하녀 달려나간다.

이리나 앉은 채 생각에 잠긴다.
꿀르이긴. 올가, 이어 베르쉬닌 들어온다.

꿀르이긴
이거 어떻게 된 거야.
오늘 밤 놀기로 했잖아??
가장행렬이 지나가는 거 봤는데!

베르쉬닌
방금 전까지도 떠들썩하더니만?

이리나
모두 나갔어요.

꿀르이긴
마샤도 나갔어?
어디 갔을까?
그리고 또 뭣 때문에 쁘로뜨뽀뽀프가 밖에서 마차를 타고 기다리고 있을까?
누굴 기다리고 있지?
다들 어디 간거야?
군의관 할아버지는?
나따샤는?

이리나
한꺼번에 뭐 이렇게 많이 물어봐요?
나도 피곤해요.
전신국에서 맨 손가락 운동만 하다가!

꿀르이긴
하하하, 심통쟁이 아가씨.

올가
나도 교무회의가 겨우 이제야 끝나서 지칠 대로
지쳐 버렸어. (앉는다)

꿀르이긴
나도 그놈의 회의 때문에 지쳤어요. (앉는다)

올가
안드레이가 어제 클럽에서 2백루블을 잃었다고 미
술선생님이 그러셨어.
어쩜 좋아, 동네 소문 다 났어!

베르쉬닌
우리 집사람은 또 약을 먹었어요!

다행히 다 토해서 지금은 쿨쿨 자고 있더군요.
그래서 다시 놀러 왔더니만....
돌아가야 할 것 같군요.
하는 수 없죠.
그럼 안녕히 계십시오.
끌루이긴 선생!
어디든 같이 가지 않으시렵니까!
집으로 가긴 좀 그렇고!
어디가서 술이나 한 잔 하죠!

꿀르이긴
아뇨! 피곤하기도 하고...
(일어선다)
아, 마샤는 집에 돌아갔나?

이리나
네 그런 것 같아요.

꿀르이긴
(이리나의 한쪽 손에 입맞춤한다) 안녕.
내일도, 모레도 이틀 연속 쉰다!!
안녕히 계십시오!
(가면서) 아아, 차가 마시고 싶다.

하룻밤 즐겁게 보내려고 했는데.
(라틴어로)' O fallacem hominum spem! 〈오, 허무한 인간의 희망이여!〉 영탄법 일 때는 목적격을 쓴다.

베르쉬닌
그럼 혼자라도 가볼까.
(휘파람을 불면서 꿀르이긴과 함께 나간다)

올가
머리가 너무 아퍼…
안드레이가 돈 날린거 소문 다났어, 다났어…
자러가야지…
(가면서) 아, 정말 다행이야!
내일도 쉬고 모레도 쉬고….
아, 머리가 아프다, 아, 머리야 (방으로 들어간다)

이리나
(혼자서)…

나따샤
(모피 외투를 입고 모피 모자를 쓰고 홀을 지나간다. 하녀가 그 뒤를 따라간다)

30분만 나갔다 올 거니까, 그렇게 알고 있어.
(나간다)

이리나
모스끄바로!
모스끄바로!
모스끄바로!

curtain

2년 후, 대 화재

올가와 이리나의 방.
왼쪽과 오른쪽에 각각 침대가 있고 칸막이로 구분되어 있다.
새벽 2시가 지났을 무렵.
무대 뒤에서 화재를 알리는 비상종이 울리고 있다.
불은 벌써 오래 전에 난 듯한 느낌.
집에서는 아직 아무도 잠자리에 들지 않고 있다.
소파에 언제나처럼 검은 옷을 입은 마샤가 누워 있다.
올가와 안피사 들어온다.

안피사
아이들은 아래층 계단 밑에 앉아 있어요.
  '어서 2층으로 올라가자' 하고 말했더니 말입니다.
엉엉 울기 시작하면서
  '아빠가 안 보여요. 하느님, 제발 타죽지 않도록 해주세요.'
이러지 뭡니까!
정말 이런 변이 어디 있겠어요!
마당에도 어디 사는 사람인지,
알몸으로 튀어나온 사람이 많아요.

올가
(장롱에서 옷가지를 꺼낸다)
자아, 이 회색 옷을 가져가요.
그리고 이것도,
이 자켓도, 이 스커트도 가져가요,
유모, 정말 이게 정말 무슨 일이야.
글쎄! 교회 근처 집들은 전부 타버렸을거야.
이것도 가져가요,
자아, 이것도, (유모의 손에 옷가지를 던진다)
가엾게도 베르쉬닌 중령댁 사람들은 혼들이 나셨나봐, 하마터면 다 탈 뻔했으니까.
오늘은 우리 집에서 주무시게 해요.
훼도띠그 소위는 불쌍하게도 집이 다 타버리고 남은게 없어….

안피사
올가아가씨, 누굴 좀 불러주세요.
너무 무거워서……

올가
(벨을 누른다) 이런!
(문을 열고) 누구든지 거기 있는 사람은 좀 와요!
(열어젖힌 문틈 사이로 불길 때문에 새빨갛게 물든 창문들이 보인다. 집 근처를 소방대가 지나가는 소리가 들린다)

아아, 무서워. 오오, 끔찍해.

훼라뽄뜨 들어온다.

올가
자, 이 옷들을 아래층으로 가지고 가줘요,
지금 잠옷바람으로 대피해 있는 사람들에게 줘요.
이것도 가져다 주고.

훼라뽄뜨
알겠습니다.
1812년에도 역시 모스끄바가 탔습니다만, 아아, 무서워!
프랑스 병정놈들, 혼비백산했습죠.

올가
가요, 어서….

훼라뽄뜨
알겠습니다. (나간다)

올가
유모, 전부 줘버려.

우리한텐 이거 다 필요 없으니까.
전부 줘버려요, 유모…
아, 서있기도 힘드네…
그리고 베르쉬닌 중령님네 식구들을 돌려보내서는 안돼.
딸들은 손님방에 재우고 중령님은 아래층 뚜젠바흐 중위님 방으로…
훼도띠끄도 살료느이 대위님 방이나 아니면 여기 홀로 할까?
아니 도대체 군의관 할아버지는 왜 오늘 취해 있는거야?
다친 사람들도 많은데… 이런…
베르쉬닌 부인도 손님방으로 안내하고…

안피사
(지쳐 버린 듯이)
아가씨, 절 내쫓지 말아주세요.
제발요.

올가
무슨 그런 말을 해요, 유모.
그럴리가 있어?

안피사
(올가의 가슴에 머리를 대고) 아가씨, 전 일하고 있어요.
열심히 일하고 있습니다.
몸이 약해서 쓸모 없어졌다고 생각하시겠지만…
(사이)
이 늙은이가 갈 곳이 어디 있겠습니까?
갈 곳이 어디겠어요?
팔십이 넘었습니다…
팔십 둘이에요…

올가
좀 쉬어요, 유모, 힘들겠지. 가엾어라.
(의자에 앉게 한다) 좀 쉬어요, 얼굴빛이 안좋아요.

나따샤 들어온다.

나따샤
이재민 구호대책회의를 한다는군요.
얼마나 훌륭한 생각이에요?
정말 어려운 사람들은 도와야 해요.
그건 우리같이 있는 자들의 의무인 거예요.
우리 애기들은 아무 것도 모르고 잘 자고 있어요.
근데 너무 많은 사람이 들어와서 집이 꽉찼어.
독감이 돈다는데 애들한테 옮을까봐 걱정이에요.

올가
(그녀의 말을 듣지않고) 이 방에서는 불길이 보이지 않으니까 그래도 마음이 덜 불안해.

나따샤
그러게요…
머리가 엉망이 됐어…
(거울을 보며)
살이 찌긴 누가 쪘다 그래?
아무렇지도 않은데!
마샤 아가씨는 자고 있네요.
피곤한 모양이야, 가엾게도…
(안피사를 향해 냉정하게)
지금 여기가 어디라고 앉아있는 거야?!
일어서!
당장 밖으로 나가!
(안피사 나간다)
아가씬, 왜 저런 늙은이를 데리고 있는거예요?
난 도대체 모르겠어요!

올가
(어찌할 바를 몰라하며)
미안하지만, 나도 도대체 모르겠는데.

나따샤
저까짓 할망구 있어봐야 아무런 소용도 없어요.
아무 생각이 없어!
쓸모없는 인간을 집에 둘 필요는 없어요.
(올가의 볼을 만진다)
아가씨, 피곤한 것 같아요!
우리 교장선생님이 피곤하신거야,
신경을 많이 쓰셔서…

올가
난 교장 같은 건 안해…

나따샤
어차피 될 건데요, 뭘. 이미 결정 났잖아요.
우리 애들이 학교에 들어가면 내가 꼼짝 못하겠네!

올가
(물을 마신다)
올케, 지금 할멈에게 무척 잔인하게 말했어.
미안하지만 난 그런 건 참을 수 없어.
눈 앞이 캄캄해졌을 정도야.

나따샤
(당황해서) 네?

마샤 베개를 들고 화난 표정으로 나간다.

올가
입장을 바꿔서 생각해 봐요.
하긴 우리가 이상한 교육을 받았는진 몰라도,
어쨌든 그런 걸 가만히 보고 있을 순 없어.
그런 행동을 보면 난 가슴이 미어지는 듯 해서 참을 수가 없어.
그만 정신이 아찔해지는 것 같아.

나따샤
어머나, 용서해 줘요…
아가씨, 용서해 줘요…
아가씨를 화나게 할 마음은 없었어요.
용서해 주세요, 용서해 주세요.
(올가의 볼에 입맞춘다)

올가
아무리 작은 일이라도, 거친 행동이나 냉혹한 말을 듣거나 보게 되면 난 가슴이 뛰어요.

나따샤
그래도 쓸모없는 노인네인건 확실하잖아요.

올가
하지만 유모는 벌써 30년 넘게 같이 있었어요.

나따샤
그래도 이젠 일할 수가 없잖아요!
저 늙은이는 일은 하지않고 잠이나 자거나,
앉아 있거나 할 뿐이에요.
밥이나 축내고.

올가
그럼 앉아 있게 내버려두면 되잖아!

나따샤
(기가 막힌 듯이) 올가… 앉혀…두라구요?
하인이에요.

(울먹이는 소리로)
난 아가씨의 마음을 모르겠어요,
우린 지금 아기 때문에 보모도 있고,
새 유모도 두었어요.
게다가 젊은 하녀가 둘에 식모도 있잖아요.
그런데 무엇 때문에 저런 늙은이를 둘 필요가 있다는 거예요?
도대체 왜죠?

무대 뒤에서 비상종 소리.

올가
오늘 하룻밤 동안에 난 10년은 늙어 버린 것 같아.

나따샤
우리 이 문제를 정확히 해요.
아가씨의 직장은 학교이고, 제 직장은 집이에요.
그쪽 일은 교육이고, 이쪽 일은 살림이죠.
그러니까 내가 하녀에 대해 말하는 건 내 일을 잘 알고 있기 때문이에요.
전 내일이라도 당장 저 돼먹지 못한 도둑년 같은 할망구를 쫓아낼 거예요.

꿀르이긴 들어온다.

꿀르이긴
마샤는 어디 있지?
슬슬 집에 돌아가야 할텐데.
불길은 좀 잡힌 모양입니다.
(기지개를 켠다) 다행히 겨우 한 블록만 타고 말았지…
바람이 저렇게 불어 대니 처음엔 온 도시가 다 타 버리는 줄 알았지.
(앉는다) 아, 피곤해.
오, 나의 처형!
정말 천사야!
(입맞춤한다)
마샤가 없었다면 난 당신과 결혼했을 거야.
올가는 정말 좋은 사람이야.
아아, 피곤해. (귀를 기울인다)

올가
무슨 소리에요?

꿀르이긴
군의관 할아버지가 술주정하는거예요.

아니 무슨 일부러 그러는 것처럼 이럴 수가 있나.
(일어선다) 이리로 오는 것 같아.
이리로 오네.(웃는다)
난 숨을래.(옷장 틈으로 몸을 숨긴다)

올가
2년동안 술을 안드시다가 왜 갑자기 오늘 드신건지…

체부뜨긴 등장.
술을 마시지 않은 사람처럼 비틀거리지도 않고 방을 지나다가 멈춰 서서 한곳을 응시하더니, 세면대 앞에 가서 손을 씻기 시작한다.

체부뜨긴
(기분이 좋지 않은 듯) 어느 놈이고 다 귀신한테나 잡혀가 버려라, 죽어 버려라!
내가 의사라고 해서 무슨 병이라도 고칠 수 있다고 생각하는 모양이지.
하지만 난 전혀 아무 것도 몰라.
알고 있던 것도 모두 잊어버리고 말았어.
아무것도 기억에 없어, 깨끗하게 잊어버렸지.
(올가와 나따샤. 그가 눈치채지 않게 퇴장)

에잇, 빌어먹을!
요전 수요일엔 물에 빠졌던 여자를 치료했는데 주사를 잘못놔서 죽고 말았어.
히히, 내 잘못이야.
25년 전엔 나도 의사였지만 군의관이 된 후엔 아무것도 몰라.
무엇 하나도.
어쩌면 난 사람이 아니라 다만 이렇게 손과 발과 머리가 있는 허수아비인지도 모르지.
어쩌면 나라는 인간은 전혀 존재하지 않고, 다만 자기가 걸어 다니고 먹고 자고 입는 것 같은 기분이 드는 것 뿐 일지도 몰라.
영혼이 없어…
(운다)
차라리 나라는 놈이 태어나지 말았으면…
(울음을 그치고 우울하게) 에잇, 될대로 되라지!
그저께도 클럽에서 얘기를 하는데,
모두들, 셰익스피어가 어쩌구, 볼테르가 어쩌구 하고 떠들어 대더군.
난 읽지 않았지만, 전혀 읽지 않았지만,
하! 읽은 척 했지.
흥! 다른 놈들도 나와 마찬가지라구.
얼마나 저속하고 비열한 짓인가!

그리고 수요일에 죽인,
내 손으로 죽인 그 여자 생각이 나서…
아니 온갖 것이 생각나서 이상하게 뒤틀린,
메슥메슥한,
정말로 토할 것 같은 기분이 되고 말았어.
내 자신이 추악해서 말이지.
그래!
그래서 술 먹었다!
왜!
불만이냐!

　　　이리나. 베르쉬닌. 뚜젠바흐 들어온다.
　　　뚜젠바흐는 최신 유행의 문관복을 입고 있다.

이리나
여기서 잠깐 쉬도록 하세요.
여긴 좀 조용하거든요.

베르쉬닌
만약에 군대가 아니었더라면 도시 전체가 몽땅 타 버렸을지도 모릅니다.
훌륭했어!
(만족한 듯이 두 손을 비빈다) 우리 군대는 역시!

꿀르이긴
(그들 쪽으로 나오며) 몇 시나 됐습니까, 여러분?

뚜젠바흐
날이 곧 밝을 것 같아요.

이리나
(체부뜨긴에게)
존경하는 군의관님, 가서 주무세요.

체부뜨긴
(중얼거리지만 알아들을 수가 없다)

꿀르이긴
(웃는다) 엄청나게 취하셨군요, 군의관님!
(어깨를 두드린다) 좋았어!
In vino veritas!
술 속에 진리가 있다고 고대 로마인들도 말하고 있으니까요.

뚜젠바흐
모두들 제게 이재민구호음악회를 기획하라고 하는데요, 어떻게 구성을 해야할 지…

꿀르이긴
우리 이사장님은 참 훌륭한 분입니다.
사람이 좋을 뿐만 아니라, 매우 총명한 양반이니 그분과 상의를 해보는 건 어떨까요…
다만 그분의 견해에 의하면, 그, 뭡니까…

체부뜨긴, 도자기로 만든 탁상시계를 손에 들고 계속 중얼거리고있다.

베르쉬닌
이런이런 몸이 흙투성이가 되고 말았군.
(사이)
뭐 아직 확실한 건 아니지만 우리 여단은 아주 먼 곳으로 옮겨질 모양입니다.
폴란드로 간다는 소문도 있고,
시베리아쪽으로 간다는 소문도 있고…

뚜젠바흐
저도 들었어요.
그나저나 이 도시가 텅 비고 말겠군요.

이리나
우리도 곧 떠날 거예요!

체부뜨긴
(시계를 떨어뜨린다. 시계는 깨진다) 아이쿠야!

사이
모두들 당혹한 표정

꿀르이긴
이런 세상에! (조각을 주우며)
군의관님의 품행은 영점 이하예요!

이리나
그건 돌아가신 엄마 유품예요.

체부뜨긴
어머니꺼라… 엄마 것이라면 엄마 것이겠지.
어쩌면 내가 부순 것이 아니라 부순 것처럼 보일 뿐인지도 몰라.
어쩌면 우리 역시 존재하고 있는 것처럼 보일 뿐이고 실은 존재하지 않는 것인지도 몰라요.

난 아무것도 모르는 거야.
(문 곁에서) 뭘 그렇게 보고 있는 거야.
이 집 며느리 나따샤는 시의회 의장 쁘로뜨뽀뽀프와 바람났지.
그러나 당신들은 보지 못해. (나간다)

베르쉬닌
그렇군요… 다 이상한 일만 있습니다…(웃음)
불이 났을 때 난 급히 집으로 달려갔었죠.
다행히 불이 옮겨 붙진 않았는데, 우리 딸은 둘 다 겁에 질려 잠옷 바람으로 문간에 서있고, 애엄마라는 사람은 어디 있는지 없고, 거리엔 많은 사람들이 소란을 피우고, 말과 개가 뛰어다니고…
딸애들의 겁에 질린 얼굴을 보니 가슴이 뭉클하면서 이런 생각이 문득 들더군요, '기나긴 인생 속에서 이 아이들은 무엇을 또 견뎌내야할까'
내내 이 생각을 하면서 아이들을 데리고 이 집에 우선 온겁니다.
(비상 종 소리)
(사이)
헌데 아세요?
집사람이 여기 먼저 와있더군요, 이런 세상에!
태연하게 사람들과 애기하고 있더라니까요.

그리곤 나를 보더니 소리치고 화를 내더군요. 왜 이제 왔느냐고… 하하하.

마샤가 베개를 안고 들어와 소파에 앉는다.

이 불길을 진압할 때 전쟁과 약탈과 살인과 방화를 해 온 인류의 깊은 역사를 떠올렸습니다.
세월이 지나도 도대체 달라진 것이 없구나 하는 생각이 들었습니다.
하지만 어느 정도 세월이 흐르면 이런 문제는 없겠죠? 후손들은 아마 지금의 우리를 조롱어린 시선으로 볼 것입니다.
그래요, 미래는 분명히 멋진 사회가 되어 있을 겁니다!
멋진 삶이요!
또 말이 많았나요?
(노래한다)
(사이)
모두 주무시나?
정말 앞으로 우리에겐 어떤 삶이 올까요!
자, 한번 생각해 봅시다.

지금은 올바른 생각을 가진 사람이 세 사람 밖에 없다면, 다음 세대, 또 다음 세대, 이렇게 차츰 늘어가서 결국 나중에는 모두 올바른 사람들이 되고 모두가 이런 생활을 할 때가 옵니다.
우리는 곧 늙고 없어지고, 우리보다 더 나은 사람들이 태어날 것입니다.
(웃는다)
그래서 오늘 난 어쩐지 보통 때와는 기분이 다릅니다.
무조건 살고 싶습니다.
(웃는다)
사랑에는 나이의 구별이 없나니, 가슴에 와 꽂히는 큐피드의 화살은 언제나 거룩하도다!
(웃음)

마샤와 베르쉬닌 노래를 주고 받는다.

마샤

뜨람, 땀, 땀—

베르쉬닌

땀, 땀—

마샤
뜨라, 라, 라—

베르쉬닌
뜨라, 따, 따— (웃는다)

훼도띠끄 들어온다.

훼도띠끄
(춤춘다) 다 탔어요, 다 타버렸어!
몽땅 깨끗이! (웃는다)

이리나
웃을 일은 아니에요.
정말 다 탔나요?

훼도띠끄
(웃는다) 깨끗이 몽땅, 아무것도 남지 않고.
기타도 타고 카메라도 타고 소중한 편지도 전부!
우리 이리나에게 예쁜 수첩을 주려고 만들었는데, 그것도 타버렸어요.

살료느이 들어온다.

이리나
안돼요, 제발 저쪽으로 가셔요.
여기 들어오시면 안돼요.

살료느이
어째서 저 뚜젠바흐는 되고 난 안된다는 겁니까?

베르쉬닌
아니 우리도 이젠 나가야지.
불은 어떻게 되었나?

살료느이
거의 진화되었습니다.
아니 그런데 난 아무래도 이상해,
어째서 뚜젠바흐는 괜찮고 난 안된다는 건지?
(향수병을 꺼내어 뿌린다)

베르쉬닌
뜨람, 땀, 땀.

마샤
뜨람, 땀.

베르쉬닌
(웃으며 살료느이에게) 자, 홀로 가지, 대위.

살료느이
네, 중령님.
(뚜젠바흐를 노려보면서)
씁, 씁, 씁

베르쉬닌, 훼도띠끄와 함께 나간다

이리나
어머나, 살료느이가 피우고 간 담배 연기 좀 봐…
(의아스러운 듯)
남작님이 잠이 드셨네!
남작님!

뚜젠바흐
(정신이 들어서) 피곤해요…
나는, 정말 벽돌공장이라!
이건 잠꼬대가 아니라 실제로 난 곧 벽돌공장에 가서 일할 겁니다.
(이리나에게 다정하게)
왜 이리 슬퍼 보이지?
나와 같이 벽돌공장으로 가자, 이리나!
응?
일, 일, 일!

마샤
뚜젠바흐 남작님, 나가 주세요.

뚜젠바흐
(웃으면서) 오, 마샤! 미안해요!
(이리나의 손에 입맞춤)
안녕히 계십시오, 난 가겠습니다.
이렇게 당신 얼굴을 보고 있으니까 언젠가 오래 전 스무살 생일날에 발랄하고 쾌활한 모습으로 노동의 기쁨을 이야기하던 때가 생각나.
벌써 몇년이 지난거야…
그때 내 눈에는 행복한 생활이 똑똑히 보였는데!
근데 그건 지금 어디로 갔을까요?
(한 손에 입맞춤한다) 이리나, 사랑해.
목숨보다도 더!

마샤
나가 주세요!

뚜젠바흐
네, 가겠습니다. (나간다)

마샤
(누우며) 여보, 자요?

꿀르이긴
음?

마샤
피곤하면 집에 가요.

끌루이긴
하하, 마샤…
사랑스런 마샤

이리나
언니도 지쳤어요, 형부

끌루이긴
사랑해! (입맞춤한다)
곧 갈게. 내 소중하고 멋진 아내.
사랑해!

마샤
(신경질적인 어조로 라틴어로 말한다)
Amo, amas, amat, amamus, amatis, amant
(사랑한다, 사랑하니, 사랑하고, 사랑했고, 사랑해서, 사랑했으나!)

끌루이긴
난 아직도 신혼같애.
사랑해.

마샤
그만, 그만,
제발 그만둬요.
(일어나 앉아서 앉은 채로 이야기한다)
아, 아직도 머리에서 떠나지가 앉아요.
이걸 화내지 않고 배기겠어.
머릿속에 못이 박힌 것 같아.
도저히 잠자코 있을 수가 없어.
(사이)
난 우리 오빠, 안드레이 얘기를 하는 거예요.

이 집을 자기 멋대로 은행에 저당 잡혔을 뿐 아니라 그 돈을 모조리 저 여편네가 빼앗아 버렸지 뭐야 하지만 이 집은 오빠 혼자 몫이 아니라 우리 사남매의 것이라구요!
조금이라도 정신이 똑바로 박혔다면 그런 건 알고 있을 게 아니에요?

꿀르이긴
여보…
안드레이는 빚 때문에 꼼짝달싹 못하는 사람이야.
도와 줄 생각은 않고…….

마샤
어쨌든! 화가 난다 이거 아녜요! (눕는다)

꿀르이긴
여보, 우리는 그래도 좀 낫잖아.
난 낮에 중학교에 근무하고 또 과외교습도 하고 있어.
그리고 난 정직한 사람이야.
욕심도 없구.
Omnia mea mecum porto 〈전 재산을 몸에 지니고 다닌다〉이지.

마샤
나도 욕심없는 사람이에요, 당신 덕택에!
그게 문제가 아니고!
말도 안되는 상황이 벌어지면 난 참을 수 없어!
경우라는 게 있잖아!

꿀르이긴
(그녀에게 입맞춤한다)
여보, 너무 신경이 예민해졌어, 피곤한거야…
좀 자.
난 저쪽에 앉아서 기다리고 있을 테니까 좀 자도록 해요.
(가면서)
난 만족해, 만족해, 정말로 만족해!
(나간다)

이리나
말이 나왔으니 말인데 안드레이 오빠는 타락했어.
저까짓 여자에게 걸려들어 기력이 없어지고 늙어 버리다니!
전에는 교수가 된다고 했던 사람이 이제는 겨우 시의회 의원이 되었다고 뻐기고 있는 꼴이라니…

오빠가 의원이고 쁘로뜨뽀뽀프가 의장이라. 온 도시에 소문이 퍼져 웃음거리가 되고 있는데도 보이지도 들리지도 않는건 오빠 한 사람뿐이야.
지금도 모두가 화재 현장에 달려갔는데 오빠는 자기 방에 틀어박혀서 무심하게 바이올린만 켜고 있다구요.
(신경질적으로)
아아, 끔찍해, 무서워, 정말 괴로워!
(운다) 난 이제 끝이야,
이젠 더 이상 참을 수가 없어!
이젠 끝이야, 이젠 끝났어!

올가 들어온다.

이리나
(흐느낀다) 날 내버려둬, 난 이제 끝이야!

올가
(깜짝 놀라서) 아니 왜 그러니, 이리나?

이리나
(흐느껴 울면서) 어디 갔어?
모두 어디로 사라져 버렸지?
그건 어디지?
아, 어떡해, 아아, 어떻게 하면 좋아.
난 전부 잊었어, 잊어버렸어.
머릿속이 범벅이 되어버렸어!
기억력도 없어지구.
이탈리아어로 창문을 뭐라고 하는지.
모든 걸 잊어가는 거야.
날마다 잊어가는 거야.
우린 절대로 모스끄바에 갈 수 없을 거야.
난 다 알고 있어, 가게 될 리가 없어.

올가
진정해, 이리나, 진정해!

이리나
(입술을 깨물면서) 아아, 난 불행해, 난 이젠 일하지 않겠어, 이제 일하는 건 질색이야.
지긋지긋해, 정말!
전신국에도 있었고 지금은 시청에 다니고 있지만, 일어나는 일들이란 전부 싫어.
시시한 것 뿐야.

난 벌써 스물 네살이고 직장에 나가지 시작한 지도 상당히 오래 됐어.
덕분에 머릿속이 바싹 마르고 몸은 여위고, 얼굴은 미워지고, 늙어가고, 그러면서도 아무 것도 무엇 하나 마음의 만족이라는 건 없는 거야.
시간은 거침없이 흘러가고 참된 아름다운 생활에서 점점 멀어져 가는 듯한 기분이야.
점점 떨어져 가서 뭔가 깊은 늪 속으로 빠져 들어가는 듯한 기분이야.
난 이젠 절망이야.
어떻게 아직까지 죽지않고 살아 있는지 나도 모르겠어.

올가
울지 마!
자, 착하지, 울지 말아.
네가 울면 나도 괴롭단다.

이리나
울지 않겠어, 난 울지 않겠어.
이제 됐어.
봐요, 이젠 울지 않지. 됐어!
봐, 이젠 울지 않아. 됐어!
이젠 됐어!

올가
이리나!
언니로서, 친구로서 말하겠는데…
내 말을 꼭 들어…
뚜젠바흐 남작과 결혼해.

이리나
(조용히 운다)

올가
넌 그 사람을 훌륭한 사람이라고 생각하고 있잖니.
뭐 외모는 좀 그렇지만, 예의 바르고 순결한 사람이야.
시집을 간다는 건, 사랑 때문이 아니라 자기 의무를 다하기 위해서인거지.
적어도 난 그렇게 생각하고 있고, 나 같으면 사랑 없이도 결혼을 할 수 있으리라 생각해.
만약에 그 누구든 성실하고 정직한 사람이 나에게 청혼을 한다면 난 기꺼이 받아들이겠어.
노인한테라도 말이야!

이리나
난, 모스끄바로 가면 그곳에서 진정한 나의 사람을 만날 수 있으리라고 생각했었어.
난 그런 사랑에 대해 상상하고 있었어.
하지만 생각해 보면 다 어리석은 짓이야…
망상이었던거야.

올가
(동생을 껴안는다)
내 귀여운, 소중한 이리나, 난 잘 알고 있어.
뚜젠바흐 남작이 장교생활 청산하고 처음으로 평상복을 입고 우리 집에 왔을 때, 너무 못생겨서 난 눈물이 나올 지경이었어.
'왜 우십니까?' 하고 묻더구나.
내가 뭐라고 할 수 있겠니!
하지만 너하고 결혼하게 된다면 난 기쁘겠어.
겉모습이 무슨 상관이니, 외모와 인품이 같은 건 아니잖아.

나따샤가 촛불을 들고 오른쪽 문에서 왼쪽 문으로 아무 말없이 무대를 가로질러 간다.

마샤
(앉으며) 저저 걷는 꼬락서니 좀 봐.
자기가 불이라도 낸것처럼 걷고있네.

올가
넌 바보야, 마샤.
우리들 중에서 제일 바보는 너야.
이런 말 해서 미안하지만.
(사이)

마샤
나, 할 말이 있어…
가슴이 답답해.
여기서 고백할테니 듣고나서 모른 척 해 줘.
기다려 줘, 이제 말할게.
(소리를 죽이고) 이건 정말 비밀이지만 꼭 언니랑 이리나에게는 말하고 싶어…
못참겠어…
(사이)
난 사랑하고 있어…
사랑을 하고 있어…
그 사람을 사랑하고 있어…
조금 전까지 여기 있던 사람…

…베르쉬닌을 사랑하고 있어.

올가
(자기 침대가 있는 칸막이 쪽으로 간다)
난 안 들었어.

마샤
하지만 어쩔 수가 없는 걸!
(머리를 쥐어잡는다) 처음엔 그냥 특이한 사람이라고 생각하고 있었어.
그러다가 불쌍해지고 그리고 사랑하게 되고 말았어.
그분의 목소리도, 그분이 말하는 것도, 그 불행한 생활도, 두 딸애도 모두가 좋아졌어요.

올가
(칸막이 뒤에서) 난 듣지 않을 거야.
무슨 소리를 해도 지금 안 들려.

마샤
정말 언니 바보야, 언니!
이건 내 운명이라고!
사랑한다는데, 어쩔건데?

응?
그 사람도 나를 사랑하고 있어.
왜?
안되는 거야?, 응!
나쁜 짓이야?
(이리나의 한 손을 잡고 잡아당긴다)
이리나!
도대체 우리는 어떤 인생을 보내게 될까?
우린 어떻게 되는 거지?
삼류연애소설을 읽으면 유치한 말들만 씌어 있고, 전부 뻔한 이야기같이 생각되지만, 막상 자기가 사랑을 해 봐, 아무도 그 유치함과 뻔함에서 헤어 나오지 못해.
(사이)
사람은 각자 자기 일은 자기 스스로 해결해야 된다는 것이 분명해.
알겠어, 언니?
이리나…응?
이제 할 말 다 했으니까 그만 입을 다물겠어…
그럼 이것으로, 끝.
고골의 광인일기처럼 침묵.

안드레이 들어온다.

이어 훼라뽄뜨.

안드레이
(화가 나는 듯) 도대체 뭘 원하는거야?
도무지 알 수가 없네.

훼라뽄뜨
(문 곁에서 안타까운 듯이)
안드레이씨, 전 벌써 열 번이나 말씀 드렸습니다.

안드레이
첫째 난 영감이 안드레이라고 부를 신분이 아니야. 의원님이라고 말해, 의원님이라고!

훼라뽄뜨
네, 의원님, 소방대원들이 강으로 가는데 이 댁 정원으로 질러가게 해주십사고요.
빙 돌아서 가는 날엔 엄청나게 멀어서 말씀이 아닙니다요.

안드레이
좋아, 좋다고 말해.

훼라뽄뜨 나간다.

어휴 질렸다.
올가 어디있어?

올가, 칸막이 뒤에서 나온다

볼 일이 있어서 왔어.
비상 장롱열쇠를 좀 줘 봐,
내건 잃어버려서 말야.

올가 잠자코 그에게 열쇠를 건네준다.
이리나는 자기 침대가 있는 칸막이 뒤로 들어가 버린다.
사이.

안드레이
정말 엄청난 화재였어.
겨우 좀 잠잠해졌군.
제기랄, 저 훼라뽄뜨영감 때문에 화가 나서 그만 바보 같은 소리를 하고 말았어.
의원님이라니.
(사이)
왜 요즘 나랑 말을 안해?
(사이)

도대체 이유를 모르겠네…
우리 좀 행복하고 건전하게 살아보자.
어! 마샤, 여기있었어?
이리나도 있고.
마침 잘됐네…
좋아,
모인 김에 우리 허심탄회하게 이야기 해보자.
모두들 나한테 무슨 불만이 있지?
도대체 뭐야?

올가
그만둬, 안드레이.
허심탄회한 이야기는 내일 해도 돼.
(흥분해서) 왜 이렇게 나쁜 일만 있는 밤일까?

안드레이
(매우 당황) 아니 왜 흥분하고 그래?
난 지금 냉정하게 묻고 있는 거야.
모두들 무슨 불만이 나한테 있는 거야.
도대체 모두들 무슨 불만이 있냔 말야?
분명히 말해 주지 않겠어?

[베르쉬닌의 목소리] 뜨람, 땀, 땀

마샤
(일어서서 소리 높이) 뜨람, 따, 따!
(올가에게) 언니, 나 갈께.
(이리나에게 입맞춤 인사)
잘 자, 오빠. 안녕.
이제 방으로 가.
이 두 사람, 지금 무척 지쳐 있으니까.
이야기는 내일이라도 할 수 있어. (나간다)

올가
정말이야 안드레이, 내일 얘기해.
(자기 침대 쪽으로 가며) 이젠 잘 시간이야.

안드레이
그럼, 잠깐만 말하고 나가겠어, 잠깐이면 돼.
첫째,
모두들 내 아내 나따샤에 대해 어떤 반감을 품고 있어.
난 그걸 처음 결혼식 날부터 눈치챘지.
내 아내 나따샤는 착하고 정직한 인간이야,
순결하고 고상한 인간이야, 이게 내 의견이지.
난 내 아내를 사랑하고, 또한 존경하고 있어.

알겠어?
내가 존경하고 있기 때문에 다른 사람 역시 그 사람을 존경해 주기를 바라는 거야.
다시 한번 말하지만, 그 사람은 순백하고 고상한 인간이고, 미안한 말이지만 모두의 불만은 일시적인 변덕에 지나지 않아.

사이

둘째,
모두들 아마 내가 대학교수가 되지 않아서,
학자가 되지 않아서 불만인 모양인데,
난 시의회에 나가고 있어, 나는 시의회 의원이야.
이런 공직생활이 학자 만큼이나 성스럽고 고귀하다고 생각해. 자부심을 가지고 있어.

사이

세째,
또 할 말이 있어…
내가 의논도 없이 이 집 저당 잡힌거…
이건 내가 나빴어.
진심으로 사과하고 싶어.
빚 때문에 그렇게 된 거야.
3만 5천이나 되는 빚이…
이제 난 도박은 하지 않아.
이미 오래 전에 그만 두었어.

그래도 내가 변명을 좀 하자면, 너희들은 여자라서 아버지 연금을 받고 있지만 나는 그런 게 없다는 거야.
수입이라곤 고작 시의회에서 나오는…
그건 점심이나 먹을 돈이라구!

사이

꿀르이긴
(문밖에서 들여다보고) 마샤 여기 없나요?
(걱정스러운 듯) 어디갔지?
이상한데…?
(나간다)

안드레이
아무도 들어 주지 않는군.
내 아내는 매우 착하고 정직한 사람이야.
(잠자코 무대를 서성거린다. 이윽고 멈춰 서서)
난 결혼할 때 이렇게 생각했어.
우린 행복해질 수 있다, 모두 행복해질 수 있다고.
그런데 아아, 이렇게 될 줄이야.
(운다) 내 사랑하는 누이들…
내 말을 믿지 않아도 좋아, 믿지 말아. (나간다)

사이

꿀르이긴
(방안을 들여다보고 걱정스럽게)
마샤는 어디 있지?
마샤는 여기 없나?
밑에도 없는데…
(나간다)

비상종 소리.
무대 텅 빈다.
체부뜨긴의 술주정 소리가 들린다.

이리나
왜 이렇게 소란스러운 밤일까…

사이

언니…
(칸막이 뒤에서 내다보며) 언니, 들었어?
군대가 먼 곳으로 곧 이동한다는 얘기?

올가
…소문이야.

이리나
그렇게 되면 우리들만 남게 되겠지…

올가
글쎄….

이리나
저… 언니…
나, 뚜젠바흐 남작과 결혼 할게.
나, 그 사람 존경하고 또 감사해하고 있어.
남작님의 청혼을 승낙할께요.
하지만 모스끄바로 꼭 가!
응?
정말 부탁이야.
모스끄바보다 좋은 곳은 이 세상 어디에도 없어…
가요, 언니!
가요!

curtain

여단의 이동
쁘로조로프의 오래된 정원 앞.
같은 해 가을, 정오.

쁘로조로프 저택의 오래 된 정원.
전나무 가로수가 길게 이어진 그 끝에 강이 보인다.
강 맞은편은 숲.
무대 오른편에는 테라스가 있고 탁자 위에 몇 개의 술병과 유리컵이 놓여있다.
정오.
큰 길에서 강쪽으로 정원을 가로질러 이따금 사람들이 지나간다.
병사 너댓명이 급히 지나간다.
체부뜨긴 유쾌한 기분으로 (이것은 이 4막을 통해서 변하지 않는다) 정원의 팔걸이 의자에 앉아 호출을 기다리고 있다.
군모를 쓰고 단장을 들었다.
이리나, 뚜젠바흐, 목에 훈장을 건 꿀르이긴 (그는 콧수염을 깎아 버렸다) 발코니에 서서 계단을 내려가는 훼도띠끄과 로제를 전송하고 있다.
두 사관은 행군복장을 하고 있다.

뚜젠바흐
(훼도띠끄와 볼인사를 나눈다)
소위, 자넨 좋은 사람이야,
우린 정말 사이좋게 지냈어.
(로제와 볼인사를 나눈다)
잘 가, 몸조심하구!

이리나
또 만나요!

훼도띠끄
또 만나자구요?
이별입니다!
우린 두 번 다시 만나지 못할 겁니다!

꿀르이긴
아니 누가 알아?
(두 눈을 닦고 미소 짓는다) 나도 우네.

이리나
언젠가는 만나게 될 거예요.

훼도띠끄
언젠가…
20년이나 30년 후에?
하지만 그땐 서로 기억조차 희미해져서 건성으로 인사나 나누게 되겠지…
(사진을 찍는다)
그대로 가만히…
또 한 장 기념으로.

로제
(뚜젠바흐를 껴안으며)
다신 못 만날겁니다…
(이리나의 손에 입맞춤)
여러가지로 고마웠습니다.
정말 여러가지로!

훼도띠끄
(짜증을 내면서)
어허, 가만히 있으라니까!

뚜젠바흐
아마 또 만나게 될 거야.
우리 편지해, 꼭.

로제
(정원으로 시선을 던지며)
잘 있거라, 나무들아!
(숲을 향해 소리)
오오오!
(사이)
잘 있거라, 메아리여!

꿀르이긴
어쩌면 폴란드에서 결혼하게 될지도 모르겠군요.
폴란드의 여자는 남편을 껴안으면서 '꼬하니아'라고 한다는데요. (웃는다)
(역주: kochanie 폴란드어 - 자기, honey, darling)

훼도띠끄
(시계를 보며) 이제 한 시간도 채 남지 않았네요.
살료느이 대위만 화물선을 타고요,
우린 전투 부대를 따라갑니다.
오늘은 3개 중대가 각각 출발하고
내일 또 3개 중대가 떠납니다…
이제 이곳은 조용하고 고요해지겠네요.

뚜젠바흐
그리곤 끔찍한 지루함도 함께 오겠지.

로제
마샤는 어디 있습니까?

꿀르이긴
정원에 있어요.

훼도띠끄
작별 인사를 해야겠는데.

로제
안녕히 계십시오.
그만 가야합니다.
눈물이 나올 것만 같아.
(재빨리 뚜젠바흐와 꿀르이긴을 껴안고 이리나의 손에 입맞춤)
우린 여기서 정말 즐거운 나날을 보냈습니다…

훼도띠끄
(꿀르이긴에게)
기념으로 이걸 드리겠습니다.
연필이 달린 수첩입니다…
우린 여기서 곧장 강 쪽으로 나갑니다…

두 사람 나간다. 뒤돌아본다.

로제
(외친다) 오오우!

꿀르이긴
(외친다) 잘가요!

무대 안쪽에서 훼도띠끄와 로제가 마샤를 만나 작별인사를 나눈다. 함께 나간다.

이리나
가버렸어…
(테라스의 아래 계단에 걸터 앉는다)

체부뜨긴
나한텐 인사를 안하고 갔어!

이리나
군의관님이 먼저 하시지!

체부뜨긴
나도 깜빡 잊었지.
하하, 하지만 곧 만나!
난 내일 떠나니까.
음… 아직 하루가 남았어.
1년 후엔 정년이니까 그때 다시 이곳으로 와서 여생을 보낼까 해.

연금을 타게 될 때까진 앞으로 1년만 참으면 된다! (주머니에 신문을 넣고 다른 것을 꺼낸다.)
나 일년 후에 여기 오면 정말 성실한 사람이 될거야, 하하.
술도 안먹고!
옷도 단정히 입고!

이리나
제발요.

체부뜨긴
하하하, 제발요!!
(낮은 소리로 노래한다)
'따라라~ 붐드야 ~ 길가의 돌에 걸터 앉아서~ '

꿀르이긴
에이, 못 고쳐요!
그 버릇이 어디 가나!

체부뜨긴
하하하, 맞았어!
그럼 당신한테 훈육 받아볼까? 그럼 고쳐지겠지.

이리나
형부,
수염을 자르니까 정말 눈 뜨고 못 보겠어!

꿀르이긴
왜?

체부뜨긴
당신네 철학선생과 닮아버렸지.

꿀르이긴
하지만!
이게 나의 삶의 방식이지.
(라틴어로) modus vivendi.
우리 이사장님도 수염을 깎았어.
그래서 나도 장학사가 되자마자 깎아버렸지요.
다른 사람들이 보기 싫어해도 괜찮아.
콧수염이 있건 없건 내가 만족하니까!
(앉는다)

무대 안쪽에 안드레이가 잠 든 아기를 유모차에 태워 밀고 지나간다.

이리나
군의관 할아버지, 저 사실 이상하게 불안해요…
어제 무슨 일이 있었죠?

체부뜨긴
무슨 일이 있었느냐구?
아무것도 아냐, 아무 일도 없어.
(신문을 읽는다) 별 일 아닙니다!

꿀르이긴
들리는 소문엔, 살료느이와 남작이 어제 플라타너스 가로수길 극장 근처에서 만난다고 하던데.

뚜젠바흐
무슨 말씀이세요!
(한 손을 흔들고 집안으로 나간다)

꿀르이긴
어제 극장 근처에서 살료느이가 시비를 계속 걸었더니 발끈해서 뭐 욕을 퍼부었다는데…

체부뜨긴
헛소리!

꿀르이긴
헛소리, inanis strepitus (웃는다)
살료느이 대위가 처제를 사랑하기 때문에 남작을 증오한다고 하는데…
하긴 우리 처제는 매력적인 여자지.
생각이 깊은게 마샤와 닮았어.
다만 처제 성격이 좀 더 부드럽지.
그래도 난 마샤를 사랑하니까, 하하하

멀리 뒤쪽에서 함성소리

이리나
어쩐지 불안한 마음이 가시질 않아…
(사이)
준비는 다 됐어요.
점심식사 후에 제 짐은 곧 부쳐 버릴 거예요.
내일 남작님과 결혼식을 올린 다음 벽돌공장을 향해 출발하겠어요.
모레면 저도 그곳 초등학교에 부임해서 새 생활을 시작하는 거죠.
하느님이 꼭 힘을 주실 거예요!

교사시험에 합격했을 때 감사와 기쁨으로 울었을
정도였어요…
(사이)
이제 곧 마차가 짐을 가지러 올거예요…

꿀르이긴
어쨌든 진심으로 행복을 빌어요.

체부뜨긴
(부드럽고 포근하게)
사랑하는 이리나… 아주 멀리, 멀리 날아야 해…
난 늙은 철새와 같은 꼴이니 따라 갈 수가 없어.
자아, 멋지게 날아가요.
씩씩하게! 몸조심하고!
(사이)
근데 그 수염은 왜 깎았어?

꿀르이긴
이제 그만두세요.
(한숨을 쉰다)
오늘 군대가 가버리면 다시 원래대로 돌아가겠지.
마샤는 착하고도 정직한 여자입니다.
난 마샤를 열렬히 사랑하고 또,

나의 운명에 감사하고 있습니다.
사람의 운명은 정말 다양하죠.
이곳 세무서에 내 친구가 근무하고 있어요.
나하고 동급생이었는데 5학년 때 낙제를 했어요.
왜냐하면 라틴어 접속사를 이해하지 못해서요.
그 녀석은 지금 무척 가난해졌고 게다가 병까지
얻었지요.
그런데 난 평생 운이 따라줬고 행복합니다.
라틴어 접속사를 가르치는 신분이 됐고, 이렇게
스타니슬라브 이등훈장까지 가지고 있죠.
난 현명한 인간입니다.
많은 사람들보다도 말입니다.
하지만 행복이란 거기 있는게 아닙니다.

집안에서 '소녀의 기도'의 피아노 치는 소리가 들려온다.

이리나
내일 밤부터는 저 '소녀의 기도'를 듣지 않아도 되
고 쁘로뜨뽀뽀프와 만날 걱정도 없게 되겠지.
(사이)
쁘로뜨뽀뽀프가 저기 응접실에 앉아 있어요.
오늘도 찾아왔어요.

꿀르이긴
우리 올가 교장 선생님은 아직 안 왔나요?

이리나
네…
사람을 보냈는데…
저 올가언니가 없는 이 집에 제가 혼자 사는 게 얼마나 괴로운 일이었는지 형부는 모를거예요.
올가언니는 학교관사에서 살아요.
교장선생님이니까 하루종일 바쁜 거예요.
그런데 전 혼자 외롭고 따분하고 아무 것도 할 일이 없잖겠어요.
제가 사는 방까지 싫어졌어요.
그래서 전 갑자기 결심했죠.
아무래도 모스끄바에 갈 수 없다면 할 수 없지.
그게 내 운명이니 받아들이자.
모든 것은 하느님의 뜻이다, 라고 말에요.
바로 그때 남작님이 저에게 청혼했어요.
좋잖아요?
깊이 생각하고선 결심했죠.
　'하자!'
그러자 전 갑자기 영혼에 날개가 돋친 듯이 마음이 가벼워지더군요.

자, 일하자,
열심히 일하자,
군의관 할아버지.
헌데 어제 무슨 일이 있었죠?
무슨 비밀이 있죠?

체부뜨긴
　inanis strepitus…

나따샤
(창문에서)
교장선생님이 오셔요!

꿀르이긴
올가 교장선생이 왔어.
자, 가자, 처제…
(이리나와 함께 집으로 들어간다)

체부뜨긴
신문을 읽으면서 조용히 흥얼거린다)
'따라라 --- 붐비야 ---
길가의 돌에 걸터 앉아서…

마샤가 나타난다.
무대 안쪽을 안드레이가 유모차를 밀고 지나간다.

마샤
여기 계셨군요.

체부뜨긴
왜?

마샤
(앉는다)
아무것도 아니에요.
(사이)
군의관님은 우리 엄마를 사랑하셨어요?

체부뜨긴
그럼, 무척.

마샤
그럼 엄마도 그쪽을 사랑하셨나요?

체부뜨긴
(사이)

오래되서 기억이 나질 않네…

마샤
내 사람은요?

체부뜨긴
(사이) 아직 안 왔어…

마샤
행복이라는 것을 어쩌다가 조금씩 조금씩 손에 넣었다가 한꺼번에 잃어 보세요.
차츰 마음이 못되게되고 비뚤어진 사람이 되고 말아요.
(자기 가슴을 가리키며)
전 여기가 뒤집어지고 있어요…
(안드레이가 유모차를 밀고 가는 것을 보고)
저걸 좀 보세요.
저이가 내 오빠에요.
희망이 벼랑에서 떨어져 버린거죠.

안드레이
도대체 언제 집안이 조용해지지.
시끄러워 살 수가 있어야지!

체부뜨긴
이제 곧 조용해져.
(시계를 본다. 태엽을 감자 알람이 울린다)
내 시계는 너무 오래되어서 소리가 고장났어.
제1, 제2, 제5의 중대는 정각 1시에 출발해.
(사이)
난 내일 떠나.

안드레이
아주 가요?

체부뜨긴
글쎄.
음, 난, 어쩌면 1년 뒤에는 돌아올지도 몰라.
아니 알 게 뭐야.
아나 모르나 결국 마찬가지지만.

어딘가 먼 곳에서 하아프와 바이올린의 합주가 들린다.

안드레이
도시가 텅 비겠군.

(사이)
어제 플라타너스 가로수길 극장 근처에서 무슨 일이 있었다면서요?
모두들 그러는데 난 전혀 몰랐던 일이야.

체부뜨긴
아무것도 아니야, 시시한 일인걸.
살료느이가 남작에게 시비를 걸어서 남작이 화가 불같이 치밀어 욕을 했어.
그래서 결국은 살료느이가 남작에게 결투를 신청하는 결과가 되고 말았지.
(시계를 본다)
슬슬 시간이 됐군…
12시 반에 바로 여기서도 보이는 저 강 건너 숲에서 탕-탕…
(웃는다)
살료느이는 자기가 레르몬또프라도 되는 듯 시까지 쓰고 있어요.
벌써 이것으로 세 번째 결투라나, 허허

마샤
누가요?

체부뜨긴
살료느이지!

마샤
그럼 남작 쪽은?

체부뜨긴
보면 몰라?

마샤
난 뭐가 뭔지 모르겠어.
어쨌든 그 두 사람이 결투 하도록 놔둬서는
절대로 안돼요.
그 사람은 남작에게 부상을 입히거나 잘못하
면 죽여 버릴지도 모르니까요.

체부뜨긴
남작은 좋은 사람이지.
하지만 남작이 한 사람 많아지건 한 사람 적
어지건 상관이 없지 않을까?
내버려 둬.
마찬가지라니까.

무대 뒤에서 합성소리

빨리 배를 타라네…
난 의사로서 결투 입회인이 됐어.

안드레이
난 말예요.
결투도 그렇지만 비록 의사라도 그 자리에 있
는건 전적으로 비윤리적이라고 생각해요.

체부뜨긴
뭐가 문제지?
이 세상엔 아무 것도 없어.
우리라는 인간도 없어 우린 존재하지 않아.
다만 존재하고 있는 듯한 기분이 들 뿐이지…
뭐 마찬가지지…

마샤
지겨워… 하루종일 말 뿐이니…
(걷기 시작한다)
당장이라도 눈이 올듯 한데도 말 뿐이야…
(멈춰 서며)
내 사람이 오거든 꼭 알려주세요…

(가로수 길로 간다)
벌써 철새가 날아가는군…
(하늘을 올려다 본다)
저 새들은 행복할까…
백조야..?
거위야…?
(사라진다)

안드레이
우리 집도 텅 비겠군.
군인들은 떠나 버리고, 군의관님도 떠나고,
이리나도 결혼하고, 남는 건 나 뿐이군.

체부뜨긴
마누라가 있잖은가?

훼라뽄뜨 서류를 가지고 등장

안드레이
집사람은 집사람입니다.
아내는 싹싹하고 상냥해요, 하지만 뭐랄까…
군의관님은 유일한 내 친구니까 솔직히 말할게요.

나하고 수준이 안맞고요… 그리고 본능에 극히 충실한 여자거든요… 속물이죠…
그런데 어째서 그 여자를 사랑 했었는지 도대체 왜 지금까지 사랑해 왔는지…
그걸 모르겠어요.

체부뜨긴
(일어선다)
친구니까, 나도 떠나는 마당에 충고 하나 하지.
지금 모자를 썼고 외투를 입었잖아,
그냥 바로 떠나! 뒤도 돌아보지말고.

살료느이, 장교 두 사람과 함께 무대 안쪽을 지나간다.
그는 체부뜨긴을 보고 이쪽으로 발길을 돌린다.
장교 두 사람은 그대로 가버린다.

살료느이
군의관님, 시간이 다 됐어요.
벌써 12시반입니다.
(안드레이와 인사를 나눈다)

체부뜨긴
곧 갈게.

아휴, 귀찮게 굴기는!
안드레이, 누가 날 찾거든 곧 돌아온다고 해줘요.
(크게 한숨) 후우!

살료느이
 '비명을 지를 사이도 없이 곰은 덮쳤다'
그거예요
(그와 함께 간다)
왜 머뭇거리십니까?

체부뜨긴
으흠.

살료느이
기분은 어떠신가요?

체부뜨긴
(화낸다) 아주 나빠.

살료느이
나이도 있으신 분이 그렇게 흥분하시면 몸에 해롭습니다.
그까짓거 간단하죠.

난 그 놈을 새처럼 쏘아 죽일 뿐이에요.
(향수를 꺼내어 손에 뿌린다)
오늘은 한 병을 몽땅 써 버렸군.
젠장 그래도 손에서 고약한 냄새가 나.
마치 시체 썩는 냄새야.
　　　　　　　(사이)
그런데, 이 시를 아시나요?

　　'그러나 그 반항아는,
　　폭풍우을 찾는다,
　　마치 그 폭풍우 속에
　　평안함이 있는 것처럼'
　　　(역주;레르몬도프의 시, 돛)

체부뜨긴
그래, '비명을 지를 사이도 없이 곰은 덮쳤도다'
(살료느이와 함께 사라진다)

무대뒤에서 함성 소리 들린다.
안드레이와 훼라뽄뜨 들어온다.

훼라뽄뜨
어서 서류에 서명을…

안드레이
(신경질) 날 좀 내버려 둬, 저리 좀 가! 부탁해!
(유모차를 밀고 사라진다)

훼라뽄뜨
거참 서류에 서명해 달라는데, 뭐가 힘듭니까?
서명하기 위해 있는게 서류가 아닌가?
(따라간다)

    이리나와 밀짚 모자를 쓴 뚜젠바흐 나타난다.
    꿀르이긴이 "마샤!"하고 부르면서 무대를 지나간다.

뚜젠바흐
이 도시에서 군대가 떠나가는 걸 좋아하는 건 저 사람 뿐인걸.

이리나
알 것 같아요
(사이)
이곳은 텅 비어 쓸쓸해지겠죠.

뚜젠바흐
이리나 곧 돌아올게.

이리나
어딜 가는데요?

뚜젠바흐
시내에 가볼 일도 있고, 또…
친구들과 작별인사도 해야 하고.

이리나
거짓말.
당신 표정이 안좋아요.
(사이)
어제 극장 근처에서 무슨 일이 있었죠?

뚜젠바흐
(안절 부절 못하는 태도로)
한 시간 안에 돌아올 거야.
그리고 또 당신 곁에 있을 거요
(그녀의 두 손에 입맞춤)
난 이리나를 보면 힘이 나고 인생이 활기차!
(그녀의 얼굴을 바라본다)
내가 이리나를 사랑한지 벌써 5년이나 되었지만 아직도 이 행복이 거짓말 같아.

어디 그뿐이야.
당신은 갈수록 더 아름다워지지 뭐야.
이 아름다운 머릿결!
이 황홀한 눈!
우리 내일 떠나서 열심히 일해서 부자가 되면 내 꿈이 열매를 맺을거야.
당신도 행복해 질거고!
하지만 단 한 가지, 단 한 가지 문제는 이거야.
이리나는 날 사랑하지 않아!

이리나
(사이)
전 성실하고 착한 아내가 되겠어요.
하지만…
하지만…
사랑만은 다르다구요.
어쩔 수가 없어요!
(운다)
전 이때까지 한번도 사랑을 해 본 적이 없어요.
아아, 내가 얼마나 사랑을 동경했던가,
오래전부터 밤이건 낮이건 꿈꿔 왔다구요.
그러나 제 마음은 마치 소중한 피아노의 뚜껑을 잠그고 그 열쇠를 잃고 만 것 같았어요.

(사이)
당신 불안한 눈빛이에요.

뚜젠바흐
어젯밤엔 한잠도 못 잤어요.
내 마음은 갈기갈기 찢겨 뜬 눈으로 밤을 새웠지.
자, 뭐든지 말해줘요.
(사이)
무슨 말이라도 좋으니 말해 봐요…

이리나
무슨 말을?
무슨 말을 하면 좋죠?
무얼 말이에요?

뚜젠바흐
실로 쓸데없고 하찮은 일이 갑자기 우리의 속에 뛰어들어 중대한 의미를 주는 일은 가끔 있어요.
여전히 대수롭지 않은 일이라고 얕잡아 보고 웃어 넘기는 사이에 질질 끌려가서, 이제 자기에게는 버틸 힘이 없다고 깨달았을 땐 이미 늦은거지.
아니 이런 얘기는 그만둡시다.
난 오늘 상쾌한 기분이에요.

태어난 이후 처음 저 전나무와 단풍나무와 자작나무를 보는 것 같아.
저쪽에서도 날 힐끔 힐끔 신기하다는 듯이 숨을 죽이고 보고 있는 것도 같고…
아, 얼마나 아름다운 나무들일까!
그리고 이렇게 나무들에게 둘러 쌓인 생활이란 원래 멋지고 아름다운 것이야!
("아, 아!" 하며 빨리오라는 함성소리)
가야겠군.
벌써 시간이 됐어.
아니, 저 나무는 말라 죽었네.
그래도 역시 다른 나무와 같이 바람에 흔들리고 있어.
저 나무와 마찬가지로 만약에 내가 죽더라도 역시 어떠한 형태로든 인간의 삶에 동참하고 있을지도 몰라요.
잘 있어요, 내 사랑하는 사람아…
(그녀의 두 손에 입맞춤)
이리나가 나한테 보내준 소중한 편지는 내 책상 달력 밑에 있어요.

이리나
저도 같이 가요.

뚜젠바흐
(당황해서) 안돼. 안돼.
(빠른 걸음으로 멀어져 가서 가로수길에서 멈춰 선다)
이리나.

이리나
네?

뚜젠바흐
(말이 막혀서)
오늘 커피를 마시지 않았어.
끓여 놓도록 말해 줘.
(빠른 걸음으로 사라진다)

이리나는 상념에 잠겨서 있다가 무대 안쪽으로 걸음을 옮겨 그네에 걸터 앉는다.
안드레이가 유모차를 밀고 나타나고,
훼라뽄뜨도 모습을 나타낸다.

훼라뽄뜨
나리 마님, 서류는 제 것이 아닙니다요.

나리님의 것이에요.
제가 생각해야 할 것이 아니다 이겁니다.

안드레이
아아 도대체 어디로, 어디로 가버렸지, 내 과거는?
젊고 쾌활하고 머리가 영리했던 그 시절은?
아름다운 공상과 사색에 잠기던 그 시절,
현재와 미래가 희망에 빛나고 있던 그 시절은 어디로 사라졌지?
왜 우린 생활을 시작하기가 무섭게 권태롭기 짝이 없는 회색빛의 나태함과 무관심과 무익하고 불행한 인간이 되어 버리는 것일까?
도시가 시작된 지 벌써 2백년이 된다.
현재 인구는 10만명이다.
허나 그 중에 한 사람도 보통 사람들과 다른 사람은 한 사람도 없다.
예나 지금이나 한사람의 고행자도 없거니와 한 사람의 학자도 한사람의 예술가도,
그건 고사하고 남에게 선망의 대상이나 불타는 열정을 안겨주는, 조금이라도 눈에 띄는 사람조차 없단 말인가.
그저 먹고 마시고 자고, 그러다가 죽는 거다.

또한 다음 인간들이 태어나서 역시 먹고 마시고 잠자고, 권태로움에 못이겨 비열한 험담이나 보드까나, 카드 놀이나 입씨름으로 세월을 보낸다.
여자가 남편의 눈을 속이면 남편은 보지도 듣지도 못한 체 하며 눈 가리고 아웅 하는 식으로 어떻게든 얼버무리려 한다.
그러한 저속하기 짝이 없는 부모의 영향은 두말할 나위도 없이 아이들에게 미치고 신성한 빛은 점점 사라져 얼마 안 가서 비슷한 가련한 산송장이 되고 만다.
(훼라뽄뜨에게) 무슨 일이야?

훼라뽄뜨
무슨 일이라뇨? 서류에 서명을 해 주셔야지요.

안드레이
정말 질렸어.

훼라뽄뜨
(서류를 내밀면서) 방금 세무 감독국의 수위가 그러는데 그 뭡니까…
뻬쩨르부르그의 겨울은 몹시 추워서 영하 2백도나 된다던데요.

안드레이
현재는 정말 가시처럼 싫다.
그러나 미래에 대해 생각하면 뭐라고 말할 수 없을 정도로 기분이 좋거든!
가슴이 후련하게 조여 오고 멀리서 광명이 비치기 시작하여 마음의 자유가 보이는 것 같아.
나와 아이들의 게으른 생활에서,
시원한 맥주와 양배추가 든 거위 요리에서,
식후의 낮잠에서,
비열한 무위도식의 생활에서 해방되는 날이 선명히 보이는 것 같다…

훼라뽄뜨
2천명이나 얼어 죽었다지 뭡니까요.
업자들 말로는 모두 공포에 떨고 있다네요.
뻬쩨르부르그라던가 모스끄바라던가 아리송합니다만요.

안드레이
(달콤한 감상에 젖어)
사랑하는 동생들, 내 소중한 누이 동생들!
(울먹이면서)

마샤, 내 동생…

나따샤
(창문으로) 누구야, 거기서 큰 소리로 떠드는건?
어머나, 당신이었군요.
여보! 우리 쏘피가 깨겠어요!
(능숙한 프랑스어로) Il ne faut pas faire du bruit, la Sophie est dormee deia. Vous etes un ours. (조용. 쏘피가 자고 있어요. 곰 같은 사람아)
(화가 잔뜩나서)
떠들고 싶거든 쏘피를 다른 사람에게 맡기세요.
영감, 거기 유모차를 받아요!

훼라뽄뜨
네네 알겠습니다요. (유모차를 맡는다)

안드레이
(머쓱해서) 난 조용히 얘기했는데…

나따샤
(창 뒤에서 아이를 어르며)
보비끄!

귀염둥이 보비끄!
장난꾸러기 보비끄!

안드레이
(서류를 훑어보며)
좋아, 검토해 보고 서명하지.
나중에 시의회로 다시 가져 가.
(서류를 읽으면서 집안으로 들어간다. 훼라뽄뜨
는 유모차를 정원 안쪽으로 밀고 간다)

나따샤
(창문 뒤에서) 보비끄! 엄마 이름이 뭐지?
그래, 그래!
그럼 여긴?
그렇지, 올가고모야.
고모한테 인사해 봐,
안녕하세요, 교장선생님! 하고 말이야.

거리의 악사 남녀가 바이올린과 하아프를 합주한다.
집안에서 베르쉬닌, 올가, 안피사가 나와서 한동안 잠자
코 귀를 귀울인다.
이리나 다가온다.

올가
우리 정원이 마치 길가처럼 아무나 지나다니네.
유모, 저 악사들에게 뭐라도 좀 줘요.

안피사
(악사들에게 적선을 한다) 조심들 해서 가요.
(악사들 절을 하고 사라진다) 불쌍한 사람들…
(이리나를 발견)
안녕하세요, 이리나 아가씨.
(그녀에게 입맞춤)
예, 예, 아가씨, 아직 살아 있습니다요!
이렇게 살아서 학교 관사에 올가아가씨와 함께 말
이지요.
노후를 보살펴 주시는 하느님의 은혜입죠.
저와 같은 죄 많은 나로선 이제까지 이런 생활은
처음이죠.
집은 크고 사람들이 다 관리해주고, 제게도 침대
딸린 방 하나가 돌아왔지 뭡니까.
그게 전부 관비란 말입니다.
밤중에 잠이 깨면 기도합니다.
아아, 하느님, 성모 마리아님 나보다 행복한 사람
은 없습니다~ 감사합니다~하고 생각한답니다.

베르쉬닌
(시계를 꺼내보며)
이제 작별해야 하겠습니다…
올가, 벌써 시간이 됐어요.
(사이)
아무쪼록 건강하시기를…
마샤는….

이리나
정원 어딘가에 있어요,
제가 찾으러 갈게요.

베르쉬닌
부탁해요,
시간이 없어서…

안피사
저도 가서 찾아 보겠습니다
(부른다)
마샤 아가씨!
어디 있어요?
(이리나와 함께 정원 안쪽으로 사라진다)

베르쉬닌
유시유종! 회자정리!
시작과 끝이 있고 만남은 반드시 헤어짐이 있다.
그래서 작별입니다…
(시계를 본다)
시에서 우리에게 송별회를 마련해 줬어요.
샴페인도 나오고 시장의 연설도 있었습니다.
전 먹고 듣고 하면서도 마음은 여기 있었습니다.
여러분들 곁에 말입니다.
(정원을 둘러본다)
정말 정이 많이 들었어요.

올가
언제 또 만나 뵐 수 있을까요?

베르쉬닌
…아마 힘들 겁니다.
(사이)
우리 집사람과 딸 둘은 아직 두어달 가량 이곳에 남게 될 겁니다.
만일에 무슨 일이 있거나 도움이 필요하게 될 경우엔 잘 부탁합니다.

올가
네 네, 물론이죠.
걱정 마세요
(사이)
내일이면 시내엔 군인이라곤 한 사람도 찾아볼 수 없고, 모든 게 추억이 되어 버리겠군요.
그리고 우리의 생활도 물론 싹 달라지겠지요.
(사이)
무엇이든 마음대로는 안 되나봐요.
전 교장이 되기 싫었는데 되고 말았어요.
결국 모스끄바엔 못가게 된 셈이죠.

베르쉬닌
자, 그럼 여러가지로 감사합니다.
만약에 실례되는 일이 있었다면 아무쪼록 용서해주십시오.
그간 말이 너무 많았죠.
그것도 사과드립니다.
그래도 지난 추억으로 간직해주세요.

올가
(눈물을 닦는다) 그건 그렇구 왜 마샤는 오지 않지.

베르쉬닌
작별인사로 뭐라 말을 해야할지…
철학논쟁을 어떨까요(웃음)
삶은 참 고통스럽습니다.
많은 사람들에게 삶은 공허하고 희망이 없는 것처럼 보이지만 미래는 점점 밝아지고 있고 확실히 좋아지고 있습니다.
그러니 우리는 그걸 위해 나아가는 거죠.
음…. (시계를 본다)
이런….자, 이젠 가야겠군요.
지난 동안 우리 인류의 역사는 침략과 정복과 승리를 해나가는 전쟁의 역사였습니다.
하지만 이것은 이제 허무로 남겨지죠.
다른 역사를 만들어 가야겠죠,
아니 반드시 다른 역사가 올 것입니다.
저같은 군인이 필요없어질 날이 올까요…
(사이)
정진이라는 것을 교육에 추가하면…
아니 교육이라는 것을 정진에 추가하면…
(시계를 본다)
하지만…. 이젠 진짜 가야겠군요.

올가

아, 저기 오네요.
(마샤 나타난다. 올가는 두사람의 작별에 방해가 되지 않도록 약간 옆으로 비켜선다)
마샤
(그의 얼굴을 응시하면서)
안녕히…
(오랜 입맞춤)

올가
이제 됐어. 이제 그만…

마샤
(심하게 흐느낀다)

베르쉬닌
꼭 편지주세요.
잊지 마시고!
자아, 자아 이제 그만…
시간이 됐습니다.
올가, 이 사람을 부탁합니다…
난 이제, 가야지.
늦었어요.

(몹시 감성적인 모습으로 올가의 두 손에 입맞춤하고 다시 한 번 마샤를 안아주고 빠른 걸음으로 사라진다)

올가
이제 됐어, 마샤!
그만 그만!

꿀르이긴 나타난다.

꿀르이긴
(당황) 아니 괜찮습니다,
울게 내버려 두세요,
상관없으니.
나의 예쁜 마샤,
다정한 마샤.
당신은 내 아내야.
설령 어떠한 일이 있었다 해도 난 행복해.
난 불평은 안 해.
단 한마디도 당신을 나무라지는 않겠어.
봐요, 이 올가 언니가 증인이야.
다시 옛날과 같은 생활을 시작합시다.
우린 행복해 질거야.

마샤
(오열을 참으며)
외딴 바닷가에 푸르른 떡갈나무…
한 그루 서있네…
황금빛 사슬 그 둥치에 매어져…
황금빛 사슬 그 둥치에 매어져…

올가
진정해, 마샤…
진정하래두….
마샤한테 물을 좀 가져다 줘요.

마샤
나 이제 안 울어…

꿀르이긴
 마샤는 더 울지 않아요, 착하지….

멀리서 희미한 총소리

마샤
 '외딴 바닷가에 푸르른 떡갈나무…
한 그루 서있네…

황금빛 사슬 그 둥치에 매어져…
황금빛 사슬 그 둥치에 매어져…
그곳에 고양이학자가 밤낮으로…
사슬은 둥치에 빙글빙글 감겨있네'
내 머리가 도는 것 같다
(물을 마신다)
실패한 인생.
이제 난 아무 것도 원하지 않아.
곧 진정해질거야.
다 마찬가지야…
'외딴 바닷가'가 뭔데?
왜 이 싯구가 머리에 달라 붙어 있지?
머릿속이 엉망이야.

이리나 나타난다.

올가
 진정해, 마샤.
자자, 말 잘 듣지?
집으로 들어가자.

마샤
(화를 내며) 안 가.

(흐느낀다, 그러나 곧 울음을 그치고)
난 이 집엔 안 올거야.
안 들어가.

이리나
잠깐 이렇게 조용히 같이 앉아 있자…
난 내일이면 떠나, 언니.

사이

꿀르이긴
어제 3학년 교실에서, 이 가짜 콧수염을 압수했지.
(턱수염과 콧수염을 붙인다)
이렇게 하니까 독일어 선생을 닮았지.
(웃는다) 안 그래?
그 녀석들은 정말 재미있는 장난꾸러기야.

마샤
정말 그 독일어 선생과 닮았군요

올가
(웃는다) 그렇지.

마샤 계속 운다

이리나
언니, 이제 그만! 마샤!

꿀르이긴
똑같지.

나따샤 나타난다

나따샤
(하녀에게) 왜 그래?
쏘피는 의장님이 봐주고 계시니까,
보비끄를 안드레이한테 유모차로 태우라고하면 되잖아,
어쩌면 애들한테 이렇게도 손이 간담.
(이리나에게) 이리나 아가씨, 내일 떠난다구요.
너무 섭섭해요.
최소한 한 일주일이라도 더 있음 좋을 텐데.
(끌르이긴을 보고 놀라서 비명을 지른다.
그는 웃으며 콧수염과 턱수염을 뗀다)
어머, 짖궂게.... 사람을 이렇게 놀라게 해요?
(이리나에게)

난 아가씨와 정이 들어서 정작 이별하게되니 마음이 아파요.
아가씨 방엔 안드레이에게 바이올린을 가지고 옮겨가도록 하겠어요.
거기서 마음대로 끼익끼익 하라지!
그리고 안드레이 방엔 쏘피를 옮겨야 겠어.
글쎄 놀랄만큼 영특한 애예요!
그런 앤 본 적이 없다구요!
오늘도 이렇게 귀여운 눈으로 날 보고는 '엄마' 하지 않겠어요!

꿀르이긴
정말 똑똑한 애기더군요.

나따샤
그럼 내일부터는 이제 나도 혼자가 되는군요.
 (한숨을 쉰다)
우선 첫째 저 전나무 가로수를 베어 버리겠어.
저 단풍나무도 말야.
해가 지면 보기 흉하거든…
(이리나에게) 아가씨, 그 허리띠는 전혀 아가씨 얼굴에 어울리지 않아요.
좀 더 밝은 색이면 좋겠어요.

그리고 난 주위에 여러가지 꽃을 심을거야…
온갖 꽃을 말야.
좋은 냄새가 나겠지 뭐….
(엄하게) 어떻게 이 벤치 위에 포크가 있지?
(집으로 들어가며 하녀에게)
왜 이 벤치 위에 포크가 굴러다니느냐고 묻잖아?
(외친다) 닥쳐!

꿀르이긴
화가 많이 났군.

무대 뒤에서 군악대가 연주하는 행진곡.
모두 귀를 기울인다.

올가
출발하네…

체부뜨긴 나타난다.

마샤
우리 군인들이 떠나는군요.
그래… 그래.
잘들 가세요!

(남편에게) 집으로 가요.
내 모자와 외투는 어디 있죠?

꿀르이긴
내가 집안에 놔뒀어, 곧 가져올게.

올가
그래, 우리 모두 집으로 들어가자.
늦었다.

체부뜨긴
 올가!

올가
네?
(사이)
왜 그러세요?

체부뜨긴
뭐, 아무 것도 아닌데…
자, 뭐라고 하면 좋을까…
(그녀에게 귓속말을 한다)

올가
(놀라서) 설마, 그럴 리가!

체부뜨긴
음… 그렇게 됐어!
난 지쳐 버렸어, 지치고 지쳐서 말도 못하겠어.
(짜증이 나는 듯) 어차피 다 마찬가지지…

마샤
무슨 일이 있었어요?

올가
(이리나를 껴안고)
오늘은 무척이나 무서운 날이구나,
너한테 뭐라고 하면 좋을까,
사랑하는 나의 이리나…

이리나
왜 그래?
빨리 말해 줘요.
무슨 일이야?
어서어서. (운다)

체부뜨긴
방금 결투에서 남작이 죽었어.

이리나
(조용히 운다) 알고 있었어요!
알고 있었어…

체부뜨긴
(무대 안쪽의 벤치에 걸터앉는다)
피곤해 죽겠다…
(주머니에서 신문을 꺼낸다)
실컷 울게 합시다.
(작은소리로 흥얼거린다)
'따라라…… 붐비야…….
길가의 돌 위에 걸터앉아서……'
어쨌든 마찬가지야!

세자매 서로 꼭 붙어선다.

마샤
아, 저 음악 소리!
군인들은 우리 곁을 떠나간다.
한 사람은 영원히 가버렸고…
우린 새로운 삶을 시작하기 위해,
우리들만 남겨진거야.
우린 살아가야 해…
살아내야만 해…

이리나
(머리를 올가의 가슴에 묻고)
시간이 지나면 어째서 이런 일이 일어났는지,
무엇 때문에 이런 괴로움을 당했는지,
모두 알게 되겠지.
모든 비밀은 풀릴거야.
하지만 그동안은 살아가야 돼.
우린 일을 해야지, 오로지 일을 해야 돼!
나 내일 혼자서 떠나겠어요.
학교에서 아이들을 가르치겠어요.
나같은 사람의 도움이라도 필요로 하는 아이들 있다면 그 아이들을 위해 내 일생을 바치겠어요.
지금은 가을이고 곧 겨울이 와서 눈이 내리겠지.
난 계속 일을 하겠어, 일 하겠어.

올가
(두 동생을 끌어안는다)
음악이 저렇게 즐겁고 힘차게 연주되고 있구나.

저 소리를 들으니 살고 싶은 생각이 들어,
아, 차츰 세월이 흐르면 우리도 영원히 떠나가고
사람들은 우리를 잊을 거야,
우리의 얼굴도,
목소리도,
세자매였다는 것도 전부 잊혀 질거야,
하지만 우리의 고통은 다음 세대 사람들의 기쁨으로 바뀌어 행복과 평화가 이 땅에 찾아올 거야.
그러면 우리를 추억하며 감사해줄거야.
아아, 나의 사랑하는 동생들,
우리의 삶은 아직 끝나지 않았어.
굳세게 살아가자!
음악은 이렇게 즐거운 듯이 저렇게 환희에 찬 듯
울리고 있잖아.
머지않아 무엇 때문에 우리가 살고 있는지,
무엇 때문에 고통받고 있는지,
알 수 있을 것 같아…
…그래 그것만 알 수 있다면,
…그것만 알 수 있다면!

음악은 점점 조용해진다.
끌루이긴, 미소 지으며 모자와 외투를 들고 온다.
안드레이, 보비크를 태운 유모차를 밀고온다.

체부뜨긴
(나직이 흥얼거린다)
'따라라 ~ 붐비야~
길가의 돌에 걸터앉아서'
(신문을 읽는다)
마찬가지야!
다 마찬가지라니까!

올가
그것만 알 수 있다면,
그것만 알 수 있다면!

curtain

작품과 공연에 관하여

    이 작품은 러시아 사실주의 희곡의 거장 안똔 체홉의 대표작 중 하나이며, 체홉연출의 대가(大家) 전훈의 번역, 연출로 41회 동아연극상 연출상, 작품상을 수상한 세 시간짜리 고전명작이다.
    그 지루하다는 체홉을 전혀 지루하지않게 만들기로 유명한 연출자의 말을 빌면 '체홉의 4대장막은 원래 지루한 작품이 아니다' 라고 말한다.
    그동안 지루했던 이유라면 사실주의 작품의 가장 중요한 '구어체 번역'이 한국에 없었고, 대사에 드러나지 않은 부분을 정말 드러내지 않고 연기했기 때문이라고 한다.
    사실 그가 번역한 체홉의 희곡은 체홉이 구현한 구어체 문학이라 술술 읽히고 있는 것은 사실이다.
    그리고 대사에 드러나지 않은 등장인물의 속마음에 대한 진실한 표출이 극적 긴장감을 주기 충분했다.
    더불어 연출의 지시대로만 움직이던 연기자들에게 자율성을 부여하여 마치 감독의 작전대로만 움직이는 선수가 아닌 스스로 생각하고 자율적으로 움직이는 연기법의 실행으로 무대에서 진실을 찾는 연기자들에게 큰 호응을 받고 있다.
    결국 연극은 배우예술이라는 본질을 실행하고 있는 것이다.

〈챠이카(갈매기)〉,〈벚꽃동산〉,〈바냐삼촌〉에 이어 연기예술의 진정한 묘미를 보여주는 전훈 번역 연출의 〈세자매〉는 넓고 편안한 의자가 준비되어있는 안똔체홉극장에서 고전을 감상하는데 더없이 편안함을 제공하고있다.

-정리 편집부-

А.П. Чехов

줄거리

20세기 초,
제정 러시아 변방의 어느 군사도시.
작고한 육군 장성인 아버지의 기일이자 막내 이리나의 스무해 생일을 맞아
젊은 사남매는 새로운 세상이 올 것이라는 희망과 함께 각자의 꿈을 쫓는다.
하지만 세월이 지나도 삶은 나아지지 않는다.
첫째 올가는 그곳에서 교육보다는 행정에 시달리는 중학교사로,
유명한 학자를 꿈꿨던 맏아들 안드레이는 그저 그런 말단 공무원으로,
둘째 마샤는 실패한 결혼과 불륜의 상처만 남고,
막내 이리나는 희망없는 직업에 약혼자가 죽는 일까지 발생한다.
하지만 그들은 비록 현재의 삶이 어렵고 힘들지라도 남은 생에 대한 희망을 잃지 않고
꿋꿋하고 성실하게 살아내어 그 의미를 찾아내기로 다짐한다.

-정리 안똔체홉학회-